周海斌 张筱凤 著

知肠晓胃

人民卫生出版社
·北 京·

图书在版编目（CIP）数据

知肠晓胃 / 周海斌，张筱凤著 . —北京：人民卫
生出版社，2021.9（2023.2 重印）
ISBN 978-7-117-31838-9

I.①知… Ⅱ.①周… ②张… Ⅲ.①长篇小说 – 中
国 – 当代 Ⅳ.①I247.5

中国版本图书馆 CIP 数据核字（2021）第 149526 号

知 肠 晓 胃
Zhichang Xiaowei

策划编辑	周　宁	
责任编辑	周　宁　吴　明	
书籍设计	水长流文化　尹　岩	
著　　者	周海斌　张筱凤	
出版发行	人民卫生出版社（中继线 010-59780011）	
地　　址	北京市朝阳区潘家园南里 19 号	
邮　　编	100021	
印　　刷	三河市潮河印业有限公司	
经　　销	新华书店	
开　　本	889×1194　1/32　印张：10	
字　　数	181 千字	
版　　次	2021 年 9 月第 1 版	
印　　次	2023 年 2 月第 3 次印刷	
标准书号	ISBN 978-7-117-31838-9	
定　　价	48.00 元	

E － mail 　　pmph @ pmph.com
购书热线　　010-59787592　010-59787584　010-65264830
打击盗版举报电话:010-59787491　　E-mail:WQ @ pmph.com
质量问题联系电话:010-59787234　　E-mail:zhiliang @ pmph.com

前言

　　我是一名有消化内科学和急救医学双专业背景的医生。

　　记得刚到消化科工作时，我原单位的同事退休前想做个胃镜，原因是另一位同事因为消化道出血做了胃镜，查出晚期胃癌。那时候的我技术并不出众，当时使用的也并非现在的高清放大胃镜，视野清晰度都有限，但我凭着刚入职的热情与耐心，一点点扫看胃内情况，发现了一处极不典型的黏膜，出于医生的职业敏感，我把这一处黏膜进行活检，也就是那么巧，病理结果是"中分化腺癌"，而也正是因为这次活检，让这位快退休的老同事，早期胃癌在胃镜下得到了根治，现在她定期胃镜复查，风采依旧，丝毫没有复发的迹象。

　　这是个真实的故事，这位患者是幸运的，毫无症状，自发检查。而每当想起她，我都会暗自庆幸，假如我没能查出这块病变，患者的疾病就可能发展至中晚期。

这个病例让我终身难忘！

作为医生，诊治好一位病人是重要的，而让更多人知道定期体检的重要性、知道消化科可以做什么，更加重要。本书将一些临床案例，通过文学修饰手法，精心串联在一起，运用小说的形式给您展现消化道疾病的那些事儿。

该作品得到我国著名消化内科学专家张筱凤教授的鼎力支持，张老师对作品中出现的名词和概念，给予点评和解释，能更好的让读者理解。也感谢消化内科老教授张啸主任和我的恩师杨建锋教授对本作品的点评和指导。同时感谢浙江省临床肿瘤药理与毒理学研究重点实验室对本书出版的支持。

医学不断进步，消化内科学发展迅速，本文中的观念，或许在不久后得到更新，如出现谬误，还望读者和同道不断指正，我们会认真校对并及时改正，为此我们表示衷心的感谢。

周海斌

何金苔 —————→ 90后消化内科学硕士在读研究生，师从梁楠教授，是一位腼腆、善良、老实的学生。

魏轩 —————→ 何金苔同年级消化内科学硕士在读研究生，师从申屠雄教授，是一位凄美的故事人物，也是主人公何金苔心中曾经的那个她。

张子城 —————→ 90后研究生，师从文一鸣教授，个性张扬，内心果决，是个有城府的年轻人。

梁楠

申屠雄

文一鸣 ———— 消化内科学教授，医科大学附属医院主任医师，技术精湛，心理强大，是医院里的高年资医生，符合当代中国医生的典型形象。

李奕名 ———— 消化科科室主任，主任医师，教授，性格低调、行事干练，是一位外表冷酷而内心善良的医学专家。

沈梦梦 ———— 消化内镜中心专职护士，身材曼妙，情商极高，但身份敏感。

梅琴 ———— 消化内科护士长，家境优渥，低调内敛。

目录

01 医生也想不到

02 在不确定中寻找答案

03

剖析的不单是诊断，更是人心

04

治疗需要创新，更要用心

附录

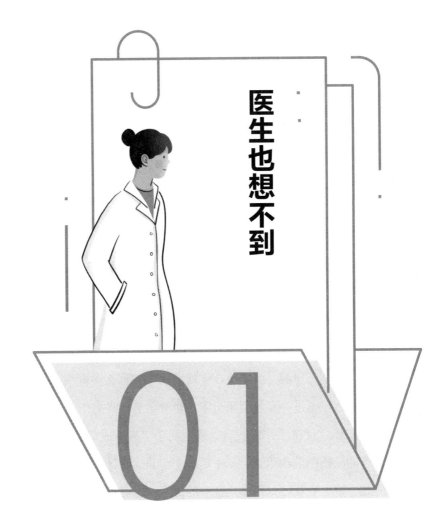

医生也想不到

01

吐血，不一定是肝硬化

　　今年的医大研究生院，招收了很多优秀的医学生，其中有才华横溢的女神学霸魏轩，也有憨厚老实的何金苷，以及天天打游戏、混迹小酒吧的大帅哥张子城——网名"八神"。这三个人都选择了消化病学作为研究方向，他们的关系自然不是一般得好。

　　故事就从这三个人说起。

　　现在好多临床医学研究生报考的是专业型硕士学位，也就是 5 年制的本科学习之后，是 3 年的研究生阶段学习，其中包含了规范化培训，这样毕业的时候就可以拿到硕士学位证书、规范化培训证书，有些人还可以考到执业医师证书，相对而言是比较"划算"的，而短短 3 年就要求拿到那么多证书，需要付出很多。不过，专业型硕士学位也有劣势，需要毕业之后才能找工作。现在工作难找呀，硕士属于"高不成低不就"，大城市的三甲医院很难进，二甲医院不想进，社区医院养不起，因此，硕士毕业后，到哪儿就业的都有。这三位研究生早就考虑到了这一点，因此，三个人不约而同地都计划着继续读博士了，但专业型硕士后续申请博士学位相较于学术型硕士更难。

魏轩，报考的是申屠教授的研究生，申屠教授是从事消化内镜操作的资深专家，而小魏喜欢的就是消化内镜操作，觉得操作内镜可帅了。申屠教授当初对收不收这位女徒弟考虑了很久，小魏理论分数是很高，而且英语成绩很好，人也长得漂亮，但是身高只有一米五五，看着比较羸弱，而内镜医生的工作量大，有时候一上台操作一盯就是 5 个小时，这样羸弱的身子板，能撑下来吗？打动申屠教授的最终还是她一心求学的诚意。魏轩终于被申屠教授收在门下，那一刻，她对申屠教授的感恩之情铭记于心。

今晚是申屠教授值班，虽然小魏的开学时间还没到，但她已经提前入科室来熟悉环境。而且生怕被导师提问，小魏已经自习了好些专业书了。

恰巧当晚急诊室来了一个呕血的病人，申屠教授便带着小魏去会诊。

看到抢救床前满地的鲜血，小魏有点腿软，额头冒着汗，心突突突地跳，心想："要出那么多血呀，以后天天工作就对着这样的病人呀，那可怎么办呀……"

"小魏，小魏！"申屠教授打断魏轩的思绪。"啊？哦，我在，怎么？申屠老师……"小魏猛地回过神来，匆忙回答。

"你先看起来，我去向急诊医生了解情况！"

"哦，好的，老师。"

小魏傻眼了，这是典型的上消化道出血，但是出血量这么大，病因可能肝硬化吧。

"你这次是什么情况呀？"小魏哆哆嗦嗦有点害怕地先问了起来。

患者已经很虚弱了，但是看到医生询问病史，挣扎着想坐起来回答。

"不不不，你别动，就这么半躺着就行，跟我说怎么回事情呀？"小魏上前阻止病人动弹。

病人老邢慢慢地说了起来："医生，你好，我有**肝硬化**[1]，大便变黑了很多天了，这次是吃饭的时候，感觉恶心就吐血了，吐出来，就好多了。"

小魏一看血压，只有 70/40mmHg 了，就要向申屠老师汇报。

 张教授说

1 **肝硬化**：很多人都听过"肝硬化"这个名词，其实肝硬化我们可以理解为肝脏变硬了，变小了，肝细胞坏死了。肝脏原本是大血窦，很多血液要回流到肝脏，因为肝脏硬化了，回流自然就不好了，回流途径上的各条静脉血管囤积了大量血液，就"憋大"了，血管壁也就变得很薄，特别是食管和胃里的静脉。如果进食的食物较硬或粗糙，那么就很容易划破这些血管，引起出血，这个量是很大很大的，足以致命，而这只是肝硬化的其中一个并发症而已，称为"肝硬化合并食管胃底静脉曲张破裂出血"。

急诊科的医护人员已经准备抢救了，把血库送来的血液输上了。

小魏追问："你以前是什么引起的肝硬化呀？"

老邢的老婆斜了老邢一眼，愤怒又伤心地回答道："喝酒！还不是喝酒！年轻的时候天天喝，你看看，现在一家人都跟着你受罪，孙子才刚出生，你说，我这以后的日子……"说着说着，就要哭起来。小魏马上安慰："阿姨，你别这样，别这样，会好的，会好的。"

老邢也搭腔："哎呀，你别这样，这里医生很好的，那么多次了，不都没事么，这次肯定也没事的。"说着说着，突然感到一阵恶心，连忙说："医生你快走开，快……"

小魏还没反应过来，就看到老邢"哇"的一声，又呕出一大口血。血喷溅在了小魏身上，白大褂瞬间被染红一大片。

"这，这……"老邢的老婆、小魏和周边的护士都一下子都愣住了。

"赶紧把衣服脱了，去洗洗！赶快！"这时申屠教授走过来，严肃地说道，"皮肤上的血，只能用水冲，不能用力擦，快去！"

小魏听到申屠老师的话，才反应过来，马上去盥洗台前脱下衣服。还好现在是秋天，里面还穿着几件衣服，血没有浸透到身体上。可这一身的血腥味，顿时让小魏皱起了眉头，甚至有种想放弃消化专业的冲动，一时间五味杂陈。

小魏换了件胃镜室的手术服，来到抢救室，发现病人已经不在那张床上了。询问抢救室护士才知道，病人被送去胃镜室了。"哎，真不巧，怎么刚才下来就没看到呢，肯定是错过电梯了。"小魏边走边想，回到胃镜室，发现也没有病人呀。

原来抢救室护士说错了，小魏也想错了。想想么，消化道大出血，赶紧去胃镜室做胃镜检查呀，听起来合情合理呀。而经验丰富的申屠教授却没有这么做，他把病人安排进了病房。小魏看到病人鼻子外面拖着一根长长的红色皮管，皮管后面还接着一根长长的绷带，搭在床尾一个输液架子上，下面挂着一个 500ml 的盐水袋子。

这让小魏想起来昨天复习的教材内容，这是"三腔二囊管"，是食管胃底曲张破裂出血时用来紧急压迫止血的。

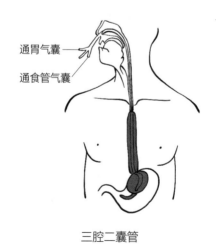

三腔二囊管

　　"小魏！"申屠教授突然出现在身后，魏轩吓了一跳，教授问道，"你觉得，这个病人是怎么回事呀？"

　　"哦，这个病人应该是上消化道出血。"

　　"然后呢？"

　　"然后？"

　　"还有呢？"

　　"还有，还有……"小魏不知道要回答什么。

　　"魏轩！"申屠教授突然严肃起来，"我要的不是结论，我是想知道，你对这个病人的看法，刚才你不是问病史了吗？！那么对这个病人你是怎么分析的，诊断依据是什么。"

　　"哦，哦！"小魏脸红着有些不知所措。

　　申屠教授历来十分严厉，他从来不允许自己的病人有任何闪失，而对自己的学生，更是严格要求。如果学生没做好功课，没花心思学习，那后果真的可能是"不让毕业"，这样的先例也不是没有的。

　　小魏定定神，深呼吸一下，回答道："老师，我觉得这个病人，可能是酒精性肝硬化导致食管胃底静脉曲张破裂而出血。从呕血的颜色看，比较鲜艳，应该说明他出血量比较大；从现在的心电监护显示看，这个病人血压还不够稳定，可能还需要恢复一段时间吧。"

　　看到申屠教授点了点头，魏轩才舒了一口气。然而申屠教

授又表情凝重地问了一句："真的是肝硬化导致的出血吗？"

魏轩正沾沾自喜，昨天看的书今天刚好用上，老师怎么不按套路出牌呢。这还会有别的问题吗？魏轩心中出现一万个问号。

"一会儿看看吧。"申屠教授表情平淡地说了一句，又似乎在想什么，突然又说，"跟我去办公室。"

魏轩心里嘀咕着，但是又不知道在想什么，这不一目了然的疾病嘛，怎么还会有别的情况呢？！一会看看吧。

"你刚才有被血溅到皮肤上吗？怎么弄掉的？"申屠问道。

"哦，申屠老师，还好，血只吐在我白大褂上，里面还好，还好我穿得多，衣服放进洗衣桶了。"

"你怎么知道这个人是什么肝硬化的？"

"哦，我知道，是酒精性的，他老婆说的！"

申屠教授嘴角一翘："你真是个孩子，所以我一直在问你有没有碰到皮肤之类的。这是个乙肝病人，乙肝也会导致肝硬化。虽然他确实有喝酒习惯，而之前住院的时候已经提示他是乙肝了。实际上，他是因为嫖娼而染上乙肝，但他在老婆那边一直说是喝酒喝的。其实很早之前，这个病人住院的时候就私下求过我，让我别告诉他老婆，他说这是他年轻时犯的错，现在也遭报应了，不想再让家散了，希望自己好好经营改造，偿还亏欠。"

　　魏轩吓出一身冷汗，还好刚才后退了一步，不然这真的不好说呀，心想着"这种人，真的太坏了，嫖娼害人害己"。小魏听申屠教授那么说，突然就想到，"那他和老婆，不是也会传染的呀。"

　　申屠教授说道："对，当时我也说了，乙肝会传染，应该把实情告诉他老婆。他说他会说的，保证好好治疗，没治好之前绝对保证老婆安全，他自己一直在吃抗病毒药。"

　　申屠教授语重心长地说："小魏呀，很多家属的话，是不能信的，甚至病人的话，同事交代病情的话，都是不能全部相信，你能相信的只有自己。在以后的行医过程中，你要记住，千万别坐着不动，别老是使唤实习同学干这干那。能亲力亲为的尽量自己动手，比方说询问病史，别人问过的问题，你可以反复再问，哪怕是有些病人'觉得啰嗦''觉得烦'，你也得自己多问几遍，自己的眼睛看到的才是可以作为诊断依据的，自己动手检查的感觉才可以作为思考依据的，不要别人说什么都信。我实习的时候，那应该是在1987年，我的心血管内科老师，也就是你们现在教材'心血管病'章节的作者，她在查房的时候，每个病人的血压都要自己拿个水银血压计测量的，那才是可信的，别人报的数据，都只能作为参考。我这样说，你能理解吗？"

　　小魏点点头："嗯，老师，我知道了！"接着问道，"那

病人骗我怎么办？就像这个病人这样。"

"你要做好可能是传染病的准备，比如这个病人，你怎么知道是呕血，为什么就不是肺结核咯血呢？怎么就不可能是肝硬化的病人合并肺结核呢？"申屠教授似乎在吓魏轩，越说越复杂了。

魏轩被说得一愣一愣的，心想："那不是完啦，这么多血，很有可能传染上肺结核啦。"

申屠教授微微一笑："别怕别怕，上个月刚给病人做了肺部 CT，已经排除了，那么短时间，可能性太小了。"

魏轩吓坏了，心想，这消化科也太危险了，我的妈呀，玩命呀！

魏轩颤颤巍巍地问道："那我，该相信谁？"

"相信客观证据，相信自己。凡事小心。"申屠教授的话，让魏轩有种似懂非懂的感觉，只是默默地不由自主地点点头："哦！"

紧接着申屠教授说道："如果你不知道这个患者是什么情况，你要做最坏推断，把每一次职业暴露都当作在传染病环境下发生，马上完善患者的一系列实验室检查。如果问病史有可疑传染病，或者有既往病史，就立即检查是否有被传染的可能性，如果可能性大，就马上处置。"

这番话，倒是让魏轩悬着的心有点儿落地了，紧接着，申屠教授问道："这个病人的出血，真的只有一种可能性吗，肝硬化食管胃底静脉曲张破裂出血？"

"这……应该是吧，既往病史那么明确的，可以推断的首先考虑这个吧。"

"嗯，非常好，我喜欢'首先考虑'这个词。那么，'其他考虑'呢？"

申屠教授连番发问，让本来今天就有点惊慌失措的魏轩一下子不知道怎么回答了，只是一脸茫然地看着老师，半天说不出话来。

"那行，我们看后续发展吧。"申屠教授似乎有点神秘地抛出这么一句话。

时间差不多快十一点了，两人各自回值班室，申屠教授还特地安排了值班室让魏轩休息，这是在魏轩坚持一定要跟夜班的前提下安排的。

不知道过了多久，就听到值班室外面好像熙熙攘攘，魏轩揉了揉眼睛起床出门看看，只看到一个内镜室护士，正推着整台胃镜设备往病房方向去了，而进的恰是老邢的那个病房。魏轩一看事情紧急，虽然知道自己也帮不上什么忙，但也本能地披上白大褂跑了过去。这时候魏轩睡意全无，只闻到病房里一股恶腥臭，好像是臭鸡蛋腐烂的气味；老邢老婆身上全是黑褐色的东西，好像是粪便。而老邢面色惨白，满脸的汗，神情淡

漠。再看，申屠教授已经穿好胃镜操作服，带着口罩，准备做床边急诊胃镜了。

魏轩现在才知道，原来胃镜还可以推到病房里，在床边做。而本能的疑问是，老邢怎么了？就目前情况看，好像是大出血了呀，不是三腔二囊管压着了么，怎么还会出那么多血呢？一连串的疑问，魏轩走到申屠老师身边，而申屠只是看了她一眼，并没有说话。

老邢的三腔二囊管已拔除，也是在拔出之后，老邢吐了一大滩黑褐色的液体，没错，都是**黑血**[1]！胃镜顺利进入胃腔，满胃一片血池，胃镜视野都没有了，"唶唶唶"通过胃镜的吸引，老邢胃里的血，被慢慢地吸了出来，而刚吸出来没多久，就又慢慢满起来，"来，吸引器吸力开大一点。"申屠教授和内镜护士朱琪说道，朱琪迅速调整吸引力，同时提了一句"这个人有点奇怪了，不像是胃底出血呀。"

👩‍⚕️ **张教授说**

1 **黑血**：大家都知道人体的血液是红色的，但是为什么，吐出来血有时是黑色的呢？换句话说，黑色的也可能是血液！那是因为我们的胃里的血液经过胃酸酸化成为了黑褐色，但这也和出血量和出血速度相关，如短时间大量出血，来不及充分酸化，吐出来就可能是鲜红色的。还需要和食物鉴别，比如有时候可能只是喝下去的红酒。所以电视剧里动不动就吐鲜红色血液，在现实情况下是很少发生的。

　　朱琪也是内镜中心的资深"老护士"了，见过的出血场面不知道多少，而这种经验丰富的护士一看，一般都八九不离十。此时，朱琪已经在准备止血夹了。

　　紧接着，申屠教授说了句"哦，在这里！来，**大钛夹**[1]！"

　　"给！"朱琪的这个回应，让申屠教授嘴角微微上扬了一下。

　　跟着魏轩的眼光看去，显示器里，一条血柱哗哗在喷血，看着都后背发凉，手心冒汗。两位操作者经过调整钛夹位置，在出血的血管上打了2个钛夹，血当即停止了，胃里的积血，也慢慢被吸干了，反复冲洗后确认没有"活动性出血"了。

张教授说

1 钛夹：是用来修补黏膜创面的，可用于整个消化道，内镜报告照片上看着很大一个，其实大小跟笔尖类似，因为钛合金有很好的稳定性，一般在黏膜自己修复之后，钛夹所夹闭的组织会坏死而自行脱落，且对人体几乎无害，因此无需取出。如果夹的比较深，比如夹住了固有肌层，会长时间不脱落，有些病人会出现不舒服，其实大部分是心理作用导致的，理论上是不会引起不适感的，因此，无需过度关注，如果有特殊要求的，也可以取下来，相反如果过早的脱落，有些会导致出血，甚至再发穿孔。一般在一周到一个月会自行脱落，可以去翻翻大便。（此处有点恶心，嘿嘿），另外说一句，钛夹治疗术后，一般磁共振检查是不受影响的。

　　"来，这个病人的三腔二囊管不用插了，家属不能离开病人，晚上要再输血！"申屠教授话不多，但都是重点。完善医嘱后，申屠教授打算就去睡觉了，因此对"小跟班"魏轩没有提问，也没有说明。

　　这样一来，魏轩有点儿摸不着头脑了，这个血柱是什么呢？怎么会这么出血呢？胃底静脉曲张破裂是这样的吗？那三腔二囊管为什么就不用插了呢？是害怕弄掉钛夹吗？问题一个接一个，弄得魏轩越来越清醒，而脑子是越来越糊涂了。

　　这个时候已经是凌晨 3 点，一般申屠教授夜班后第二天并不能休息，还得继续做胃肠镜手术，原本这个时候应该去抓紧时间睡几个小时的，可今天申屠教授刚做完抢救，略带兴奋劲头，并没有去睡，而是来医生办公室做内镜止血记录。他看到魏轩也在，就跟她攀谈了起来。

　　"小魏，你哪里人呀？"申屠教授微笑地问道。

　　向来严肃的教授突然问了这句，让魏轩有点蒙，不过她马上回答："珠海！"

　　"珠海呀？那么南方的城市呀，怎么到北方读书呀！"

　　魏轩不知道该怎么回答了，是因为和男友一起考大学到这个城市，可是这样回答或许太八卦了吧，于是魏轩就编了一句："哦，我喜欢这里。"

　　"哦，原来这样。"

申屠教授的"温和"一面，让魏轩慢慢地开始放松起来，而不再是看到教授就紧张的样子。

这个时候，申屠教授给了一个开放式的提问："小魏，你对这个病例怎么看？"

其实往往这样的提问是最难的，因为，教授考察的是综合能力，并非 ABCD 一个选项，这可比考研难多了。

"嗯，我说不好！"

申屠教授给点鼓励："没关系，随便说。"

"老师，对于这个病例，我有很多问题要问，就是担心问的问题太肤浅，怕您笑话。比如，这个病人不是肝硬化出血吗？怎么三腔二囊管压不住呢？能够胃镜止血，为什么还要去压迫呢？这不是多此一举吗？"

申屠教授似乎有点开心，又有点不满意，表情复杂："你真觉得这个病人是肝硬化导致的出血？"

"啊？！不是吗？"

"其实胃镜做进去才发现，不是的！"

"那是什么？"魏轩一百个问号在脑子里回荡。

"恒径动脉破裂出血！就是所谓的 Dieulafoy 溃疡[1]。"

"哦，这样呀，为什么会是 Dieulafoy 溃疡呀？好奇怪呀。"

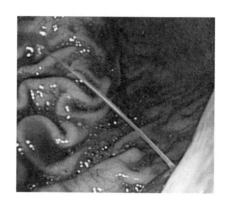

 张教授说

1 Dieulafoy 溃疡看上去好像很高端，其实有一个中文名字，叫恒径动脉破裂出血。从字面意思可以看出来，"恒径"即是指恒定的直径，这里需要解释下：我们人体的动脉，就像一颗大树，通常都是由粗到细，直到黏膜或皮肤表面都是很细的毛细血管，因此弄破了也就稍微出点血，慢慢也就自己修复了。但这个疾病是血管没有由粗变细的过程，而是直接到达黏膜，这种畸形的动脉在饮酒、炎症刺激下，就突然出血，而且出血量往往很大，可能是致命的。由于发病率并不高，因此容易被忽略，更可怕的是，这个疾病在出血一段时间后，出血血管前段就"缩回"黏膜里，又找不到了，好多病人都是反复出血，才找到目标血管。

申屠教授说道："眼见为实呀！你还记得我说的么，不要太相信病人说的话，要相信客观。就跟你说的那样，病人一开始来，我们都会考虑是肝硬化导致的食管胃底静脉出血，因此就用三腔二囊管压迫止血。但这个时候不能做胃镜，因为如果是食管胃底静脉曲张破裂，胃镜一进去，血呛到气管里，病人就可能发生窒息了。所以刚开始不到万不得已的情况下是不会做胃镜的，优先压迫止血联合药物止血对病人更有利。这就是病人家属经常问的问题，我也经常听到家属一来就说，你们医院如何如何好，胃镜技术如何如何优秀，就是来做胃镜的。如果病人来了说不做胃镜，要先压迫，都会有意见。这个时候你就要做好合理解释，利弊权衡。"

"那对这个病人后来又做了哪些处理呢？"魏轩问道。

"嗯，你问到点子上了，你有没有发现在做胃镜之前，我交代值班医生做什么事情？我留置了深静脉通路，可以直接大剂量补液；我也提前请外科会诊，在操作胃镜之前先请外科医生守在旁边，如果止血不成功就马上转外科手术。所以别看胃镜是我们最擅长的操作，也不能大意，需要尽可能地想到可能出现的问题，尽量做好充分的准备。"申屠教授耐心地解释道。

魏轩试探地问了一句："老师，当时你是不是知道了，这个人可能不是肝硬化食管静脉曲张破裂出血？"

"不，其实我跟你一样，也考虑是这个问题，但是，或许

我考虑多了一个小细节，因为这个人是长期在服用阿德福韦酯片（乙肝抗病毒药物），因此，会大大减慢肝硬化的进程。所以我当时想着如果压不住，可能就不是肝硬化出血，就要用胃镜进去看，而这个看，是要冒很大风险的，需要和家属做好充分沟通。"

魏轩点点头，接着问道："申屠老师，刚才我看到一条血柱，在那里喷，我看着都心慌慌的，紧张死了。我看你的手连抖都不抖，是怎么练就的呀。"

申屠微微一笑，说道："你现在还年轻，等你到了我这个年纪了，我相信你会比我做得更好，不过呢，我要叮嘱你，我们消化科，或者说我们学医的，跟大海里航船一样，越是风平浪静，你越要小心，危险可能就潜伏在身边，得处处小心。但是，如果碰到了大风大浪，你一定要沉着冷静，无畏应战！"申屠教授已经解释的不单单是医学问题了，而更像是在教授思维模式了，这一节课让魏轩受益良多。

魏轩知道，医学诊断需要"大胆假设，小心求证"，而任何证据必须"确凿"，且只能作为参考，同时魏轩也通过后续查阅文献得知，肝硬化病人吐血，真的不一定是肝硬化出血，有些病人可能有胃癌，而有些病人还可能是十二指肠溃疡出血。各种各样的情况都有可能，必须要求医生密切观察病情，千万不能想当然。

让你无法想象的胃异物

听魏轩回来描述了一番，夜班如何如何丰富多彩，申屠教授如何如何厉害，让向来好学的何金苜激动不已。为了适应未来的学习环境，何金苜也是提前来到医院准备临床实践。魏轩不是本地人，但为了方便学习，便租了个房子，即便是在城郊，但也算是宽敞明亮。而同样是外地人的小何却家境一般，医院宿舍还不能提前使用，为此小何还特地租了个地下室，想想现在的研究生也真是用心，没有收入的小何不得不用爸妈给的每月 800 元的生活费租房子，隔壁是个挂着"天上人间"牌子的发廊，夜夜霓虹灯粉红通宵，而为了学业，小何顾不得这么多了。

何金苜祖上是当地有名的清朝进士，十里八乡的百姓都知道，当地还为他立碑作传的，碑文后来在"破四旧"中被毁，小何祖上的大批家业，也因被定为"地主成分"没收充公。因此，小何的父亲，自小何记事起就话不多，偶尔酒喝多了，会吐露几句当年看着父母亲戴着高帽，被游街批斗的心酸往事。

何金苢这个名字里的"苢（ri）"是一种草的名字，祖上定规矩何家后代名字里必须带一个植物的名字。当时老何就想着，已经沦为草芥而用了"苢"这个字，这也体现了当年老何心灰意冷的心境。老何经常教导孩子，读书是唯一的出路，因为老何没法读书，原因是"成分不行"。虽然老何家里穷，但是只要儿子买书学习的开支，都坚决支持。寒门出孝子，小何从小就是很懂事的孩子。

高考填志愿选专业的时候，老何问他喜欢什么专业，小何犹豫不决。老何说你喜欢什么就学什么，都可以，同时补充了一句"打仗不杀医生！"最终小何选择了临床医学作为自己的专业，去年又考上了这所出名难考的医科大学的硕士研究生，这也成了县城里民众茶余饭后的一段佳话。人们都说"老何家要翻身了"，老何嘴上不讲，心里却是美滋滋的。

小何对医学的确十分热爱。实习的时候，他最开心的事莫过于看到病人出院时，跟护士、医生打招呼说声"我们出院了，谢谢你们！"看到家属和病人的笑容，他有种胜过一切的满足感。为了在事业上能更好地发展，小何选择了继续读研。他原本报考的是心血管病专业，却阴差阳错调剂到了消化专业。

何金苢的导师是梁楠教授，梁教授是海内外知名的消化内镜专家，特别在胆胰疾病 ERCP¹ 治疗领域有着极高的造诣，全国各地的病人都慕名而来，小何可以说是被调剂"捡了个漏"。小何不单单是夜班，即使白天也跟着梁教授出门诊，帮助做些打印工作，尽量减少梁教授的工作量，人家都说梁教授挑选的研究生特别踏实仔细，所以今年反复考察之后，梁教授选择了何金苜，看得出她是挺喜欢这孩子的。

有趣的事情，往往会在夜班时发生。

今天小何跟着梁教授值夜班，梁教授一天做了 15 台 ERCP 手术，桌上的电脑页面还停留在她准备回复的那篇国外论文的修改邮件，她却累得睡着了。

 张教授说

1 ERCP：**经内镜逆行胰胆管造影术**。听上去挺高端的，实际上也是挺高端的（见本书附录）。胆囊炎、胆囊结石我们都听说过，我们人体的胆囊并不分泌胆汁，胆汁是肝脏分泌的，而胆囊是储存和浓缩胆汁的，因此切除胆囊理论上对身体影响并不大，但胆管就不同了，因为这是胆汁通道，如果梗阻了，人体就会黄疸（皮肤、眼白发黄），损伤肝脏功能，甚至导致死亡。而胆管很细，一般直径只有 0.6～0.8cm，很难进行检查及治疗。早些年我们都是外科开刀处理为主，病人后期恢复很慢，现在 ERCP 技术越来越成熟，它采用十二指肠镜经过口腔直接到达十二指肠乳头，再进入胆管或者胰管进行造影，找到疾病的具体部位，然后用微创技术精准治疗，手术难度较大，但患者恢复很快。

突然值班手机响了。

"消化科吗？我们有个异物！"急诊室打电话上来，急诊室所说的"有个异物"，意思是说，有个病人吃下去了一个异物，比如，鱼刺啦、鸡骨头之类的，需要急诊取出来的意思。

"什么异物啦？"梁教授边揉眼睛边慢慢爬起来。

电话那头急诊科肖力医生听出来了："哦，是梁教授呀，真是不好意思，一个'奇葩'病人说吃了打火机！"

"打火机？吃枣核、吞硬币的见得多了，打火机还真是少见，让他上来看看吧！"

电话挂了之后，没多久，急诊室护士带着一个四五十岁，意志消沉的中年男人走了上来，蓬头垢面，后面还跟了一个中年女人，脸上还带着伤。

小何刚刚和梁教授开玩笑呢，哪个"奇葩"吃打火机呀，如何如何的，正在兴头上，想上去问问情况，还没开口，就被梁教授打住了。梁教授清了清嗓子："咳，小何，这个病人我来问吧。"

小何一脸蒙地回到座位。

梁教授严肃地问道："什么情况呀？"

中年男子刚要开口，被女人一句话打断："大夫，他吃东西不小心把打火机也吃了下去。"

"什么吃东西不小心，都这样了，还要什么脸，医生，我心情不好，吞了个打火机，现在没啥感觉！"中年男人不耐烦地说着。

"什么样的打火机呀？"梁教授问道。

"就一般的那种，塑料的！"女人不说话了，男人理直气壮地说着。

"你看这样行吗？我们先拍个片子，看看打火机在哪个位置了，能不能用胃镜取出来。"

男人开始埋怨女人："你看吧，还要拍片子的，我就说嘛，没事的，过几天就拉出来了，多大点事情，非要来，非要来，医院就要坑钱的呀，就是要你做检查的呀。"

听到"坑钱"这两个字，小何心里很不舒服了。拍片检查是要看打火机位置的呀，如果经过胃，到了小肠就取不了了呀。小何刚想要站起来"理论"，梁教授平静地对他说："小何，帮我倒杯水来！"

然后对着中年男人说："这样哦，我们要看看这个打火机到哪里了，如果已经到肠子里了，下去了，那么我们就不用做胃镜了，反而省钱。如果还是在胃里下不去，那么再做，也不花冤枉钱，你看行不行？"

女人点头感谢说道："嗯嗯，对对，大夫有经验，你说怎么办，就怎么办！钱不是问题！"

梁教授看着女人一身朴素，穿个布鞋，脸上还有伤，就知

道钱对他们来说，并不是"不是问题"那么回事儿。

看到男人勉强答应了，梁教授开了检查单，两个人拿着单子，离开了办公室。

病人前脚刚走，小何就有点愤愤不平了，但是，作为研究生是"没有愤怒的权利"的，而这一切被梁教授看在了眼里。

"小何，你过来！"

何金苷扭扭捏捏地走了过来，心里很是不爽。

"梁老师，你干嘛对他们那么客气呀，我们干嘛'坑'他们钱呀，凭什么那么侮辱医生呀。"小何的言语中带着年轻人的冲劲儿。

而梁教授却用沉稳语调，缓慢地说了一句："你骂回去又能怎么样？"

这句话，让小何一度怀疑当初选择梁教授是不是一个错误，怎么会有那么"懦弱"的教授。他敷衍地回答了一句："不能怎么样。"嘴角还有一丝不屑。

梁教授微微一笑，说道："小何呀，你还年轻，一下子可能转不过弯来，当时，我看到你想去问病史，我有意打断了，你有没有看到那个女人脸上的伤和男人桀骜不驯的走路姿态。"

听到梁教授这么一说，小何点着头，有点惊讶，但也不知道惊讶在哪里，心里不再是那团火了，而是很想知道梁老师接下来要说什么。

梁教授接着又说："很明显，这个事件的背后，极有可能是一起家暴事件，或者是一个家庭纠纷，两个人都在气头上，你上前顶上去，信不信那个男人会冲你发脾气，甚至给你一拳。"

而这句话让小何觉得不舒服了，心想，这不是懦弱的表现吗，怕什么，我们有保安，我们可以叫警察呀。但是这话不敢说出口。

"可能你一下子不能理解，举个例子吧，你开一辆劳斯莱斯，旁边一个破面包车强行变道挤在你前面，你什么感觉？"

小何不假思索地答道："肯定不爽呀。"

"那你撞他吗？"

"当然不！劳斯莱斯多贵呀！"

"那你把他逼停，跟他讲道理吗？"

"跟这种人那有什么好说的。"

"那他错了吗？"

"有错，哦……也没错吧。"小何的语速有点放慢了。

梁教授说道："病人本身就是不开心地来医院的，他才不管你是什么学历、什么身份，话自然是不好听的。而要注意的是，他不是冲你发脾气，他只是当时心情很差，看什么都不舒服，你干嘛去对号入座呢？！再说了，讲道理只和讲得通的人

讲，现在这个时间点，他愿意听你说那么多吗？他来看病的，又不是来听你教他怎么做人的，徒劳去浪费这个时间，还不如给病人想办法治病。"

小何听下来，觉得有道理，又觉得道理有点歪，想来想去，好像真是那么回事。

小何问了句："那我该怎么办？"

"看病！"梁教授中肯地说，"你要明确，你是医生，他是病人，这是最基本的社会关系。今天他家里如何如何了，我先不管，我只知道我有个紧急的医疗状况需要处理，等这个事情处理完之后，再看看是否有需要解决其他次要问题。主要矛盾必须首先解决，而不是本末倒置。我这么说，你听明白了吗？"

小何听梁老师那么一说，瞬间感觉身体都轻松了，脑子也灵活了起来，心想可能是自己太年轻吧，爱钻牛角尖，经历的事情太少了。

梁老师说："我当年的脾气比你还大，有一次一个病人说我们医院破，我转身就说了一句——那你别来我们这里看病呀！"当时还差点打起来。

两个人哈哈一笑。

没多久，病人的 X 线片拍完了。

"诶？你这里怎么还有这个东西呀！"梁教授对着片子说。

"哦，那是个牙刷！"中年男病人说道。

"啊？牙刷？！"三个人齐刷刷地看着他。

病人支支吾吾，又有点心虚地说道："我感觉在喉咙里呀，就用手抠呀，抠不出来，桌子上有个牙刷，我想可以试试掏出来呀，没想到，也进去了！"

小何差点儿笑喷了，还有这种逻辑的？

梁教授起身："行吧，那我把值班护士叫来，给你做胃镜取取看吧。"

病人也没有先前的底气了，变得有点软弱、顺从，问了一句："医生，打麻药吗？"

"不打，当然不打！"梁教授说道，"会给你喝点局部麻醉药，不打麻醉针。"

"不麻醉，那哪吃得消呀！"男人开始反抗，但是想想自己的错，又支支吾吾说："好吧。"

而此时的病人家属，又好气又好笑，但是装作面无表情的样子，说实话，怕被男人打。

内镜护士利索地收拾好胃镜台子，就开始手术了。一开始病人反应还是挺大的，不过梁教授手法娴熟，胃镜一下子就到了胃里。而胃镜视野下看到的，着实让人忍俊不禁，打火机机身上几个大字"放飞自由的梦想"赫然出现在镜头前。打火机找到了，而牙刷也在较深的地方发现了。东西找到了，要取出

来可不是件容易的事情，而这个打火机也先让他女人进来看看，女人还特地拍了视频，说是给她婆婆看看。牙刷用圈套器，很快取出来了，因为有"抓手"。而打火机光滑无比，先后用了活检钳、异物钳、圈套器，各种器械都失败了，而病人也痛苦难忍，拼命挣扎，梁教授不得不退镜。

"你怎么搞得！那么久了还没取出来！"男人一开口就冲着梁教授发脾气。

内镜护士不开心了，"那你干嘛吃进去呀，现在来怪取不出来了，不行你来试试！"

"我会，我还来找你们呀！"男人还是没好话。

小何也是气不打一处来："凭什么呀？打火机是你吃的，我们尽心尽力给你取，你还嫌这嫌那。无非是，我们是医生，我们的职责是治病救人，但不包括忍气吞声呀，哪有百分之百能取出来的道理的。"

而这位病人却不这么认为："我花了几百块钱，都是真金白银掏出来的，几天的工钱搭上不说，还让我那么痛苦，这不是花钱买罪受吗？既然付了钱了，当然要取出来了，取不出来，就要退钱，而且还要赔偿我这一个晚上的折腾，特别是刚才这要死要活的胃镜。"

门外的妻子，听到里面争吵起来，忙着跑了进来，"大夫，别生气！我们家这位脾气大，没什么文化……"

028

妻子一大堆道歉，让原本尴尬的场面，变得相对缓和了些，而此时的梁教授，才不管你们吵什么呢，一直在想怎么把那么大个东西取出来，想着把打火机顶进肠子里去，如果没有危险的东西，确实可以这么处理，可是这个异物是容易爆炸的打火机，必须取出来，后来想到了——试试用避孕套。

梁教授笑眯眯地过来，当什么事情都没有发生一样，拿着一盒避孕套，跟病人说："我们开始尝试用这个把打火机取出来。"

男人勉强答应，点了点头。

手术还是在病人反复"呃……呃……"的恶心声中度过，虽然难受，但是反复尝试后，终于把打火机取了出来。男人已经是眼泪汪汪了，这不是感动流泪，而是呕吐反射刺激出来的眼泪。

妻子一个劲儿地点头、鞠躬致谢。

病人和家属做完手术后转身要走。

"把打火机拿走！"护士说道，"我们才不要坑你的钱！"

男人不再说话，而女人只是讪笑着掩饰窘迫。

病人走了，护士开始洗消胃镜，夜班内镜护士很辛苦，一般是在家待命，只要有急诊手术，必须及时赶来，而第二天不见得有时间休息。累的时候，她们真的只是需要一句"谢谢"问候。

手术做完了，小何对刚才病人的态度耿耿于怀，和内镜护

士说到了一起，发泄各种不满。梁教授过来带着小何往病区走，路上问了一句："小何，你觉得刚才的手术，还可以用别的东西代替避孕套吗？"

突如其来的问题，让小何有点不知所措，因为他的注意力完全没在手术上，支支吾吾说不出来。

梁教授有点生气，接着问："刚才的胃镜，器械连接你看会了吗？"

小何还是不知道怎么说，因为他根本没看，心想，这不是护士的事情么。

梁教授压抑着内心的不悦，对小何说道："你刚才在干嘛？我看你眼神都是飘的！是不是还在为那个病人的态度问题纠结？！"

小何不想承认，但还是口是心非地说了句："是，不不，不是不是。"

梁教授想想小何还年轻，工作思维还没养成，原谅他吧，就没那么生气了。看他态度还可以，说道："你是一个医生，你的关注点要在病人上、疾病上，不是在一些鸡毛蒜皮的小事上，这种事情可以去反馈，去辩驳，但前提是，你要把疾病处理好，否则其他都是空谈，可以理解吗？"

小何知道自己错了，赶紧道歉："对不起，梁老师，我知道了！"

"希望你自己反思一下，以后拿出你的专业操守来，别病人说几句，你就吃不消了。人家难受么，抱怨几句，就随他去好了，又不是无端端地攻击你个人。再说了，你看到有些人素质不好，你能怎么样，你又不是他父亲，不负责教育他呀，你是医生呀。"梁教授有种恨铁不成钢的感觉，而或许是因为小何的年龄跟她儿子差不多大吧。说完自己也觉得好笑，都没有教授的感觉了，感觉是妈妈在教育儿子。

小何听完也轻松了很多。

话说到这里，又接到急诊电话，又是一个异物——鸭骨头。

梁教授赶紧打电话给内镜护士，"喂，你别走了，还有一个！嘿嘿！"

"还'嘿嘿'，谁跟你'嘿嘿'，你个'倒霉梁'。"

说完两个人都无奈地嘿嘿一笑。

病人是个女性，32岁，晚上和老公去吃夜宵，X县小吃，鸭头一个，鸭骨头卡住了。

耳鼻咽喉科说是喉镜下已经看不到异物了，说明异物已经在食管或更低的位置了，就转到消化科做胃镜检查了。

病人中等身材，后面跟着是她老公，高高瘦瘦，一言不发。

梁教授问了病史后，说："先做个**胸部 CT**[1]。"

"医生，干嘛要做 CT 呀？！好了好了，我做吧。"还没等梁教授解释，病人就拿着单子去交费做检查了。

晚上病人不多，CT 很快做完了。

"疑似穿孔！位置在刚入食管的地方！"梁教授解释到。

病人指着自己的脖子说："嗯，对的，就在这里，咽口水都痛！"

男人着急地上来问："医生，那怎么办？可以取出来吗？"

梁教授画出一张咽喉部的示意图，跟病人讲解起来："这是食管，异物在这里，看 CT 片呢，两头都卡住了，像一个扁担两头撑了起来，这种异物要取，风险很大，必须办入院

 张教授说

1 **胸部 CT**：消化道取异物的术前准备。患者几乎不可能就只是吃一个鱼刺或者鸭骨头的，一般都是吃饭的同时发生的事情，因此，胃内会有食物残留，为了防止在胃镜操作的时候，因恶心呕吐而食物进入气管导致窒息的发生，所以是不做麻醉的，特别是不做全身麻醉，这样哪怕有呕吐物也会吐出来，相对安全很多。且在此之前，一般我们都要求患者做一个胸部 CT，目的是排查异物是否存在，在什么位置，最关键的是看是否有刺破食管，如果已经刺穿了，或者距离主动脉很近（食管异物容易卡住的一个位置之一），可能会选择直接开胸手术，因此，取异物是一种技术手段，而整体评估才是最关键的一步。

取，入院的目的是观察，取了之后要观察，必要时还需要做开胸手术。"

一听到"开胸手术"，把病人吓到了，眼泪哗就下来了。

"没事，医生么，总是喜欢把事情说得严重一点的！别怕……"丈夫安慰着妻子。

梁教授想说不是危言耸听之类的话，想想还是没说。

丈夫问道："医生，能不能不住院？我们明天都要上班。"

"上班，上什么班？身体要紧，万一不好，赚的钱都没命花，虽然话不好听，但是真的要重视呀！你们真是无知者无畏呀！"梁教授着急地说道。

两个人讨论再三，最终勉强办了入院手续。

准备好了，要手术签字。

梁教授说："目前鸭骨头已经卡住了，而且可能穿破了食管，有可能周围会化脓，术后会感染，拔出来可能会大出血……"病人越听越发抖，手抖得都不能签字了。

后面丈夫"打趣"地说道："医生么，让你签完字，他们就没有责任了！"

这句话让梁教授很不爽："你还要不要做了？！东西不是我让你们吃进去的，我的工作是想办法帮你把异物取出来，让你老婆平安。手术谈话是必须流程，医生有义务告知手术风

险，患者也有权知道。选择做还是不做，和责任不责任没有任何关系。"

突然的严肃，让两个人都呆住了，丈夫连忙道歉："不不，医生，请您别生气，因为我经常听别人这么说，所以我随口说说的。您别生气，别生气！"

梁教授没有说话。

签完字，手术开始。

异物就在咽喉部较深的地方，卡在那里，前后只用了 5 分钟，胃镜进去，异物钳取出，搞定！

大家都洋溢着笑脸，病人瞬间感觉没有任何不舒服了。

"医生，我可以出院吗？"回到病房，病人的第一句话就问。

"不行！"梁教授一再坚持，不准走，"你异物刚取出来，局部还有点渗血；食管外面有没有感染，还不确定，需要留院观察。不可以出院，绝对不行！"

"医生，我没事了，我知道的，我一点也不难受了，我明天还要上班呢！"女病人哀求道。

梁教授有点不想说了，只是摇头表示不行。

"医生，那能不能今晚输完液，回家睡呀，这里太吵了，我睡不好的！"女病人再次哀求。

梁教授严肃地说道："我让你住在这里，就是为了观察，有情况好及时处理，你走了，我们怎么观察？我都不嫌麻烦，你怎么那么不爱惜自己的身体呀！"

见梁教授那么苦口婆心地说，丈夫对妻子说："那行吧，你今晚还是住这里吧。"

"那行吧。"病人十分勉强地答应了。护士把药水也配置好了，就开始输液了。

事情似乎进展得很顺利。

而到了凌晨一点，病区护士给梁教授打电话说，那个"取异物病人"偷偷溜走了。电话打过去，确认过，已经在家里，躺在丈夫身边了，但是反复劝说，就是不肯回来，也告知了风险，电话也录了音，已经和总值班报备。

"真是不明所以！"梁教授挂完电话后说了这么一句。

冬天早上六点钟，天还没亮，梁教授的电话又响了，"梁教授，有个病人说是您处理过的，正在抢救室抢救，气道梗阻，窒息，心跳、呼吸已经没有了，请您下来会诊。"

梁教授原本的睡意，瞬间全无，立刻起身穿衣服，跑向抢救室。小何听到隔壁房间的老师出门了，赶紧披上白大褂就跟了上去。

抢救室里一群人围着一个人在做胸外心脏按压，而远远地就看到旁边有个熟悉的身影，哦，他就是那个"异物病人"的丈夫。

"什么情况？"梁教授凑上去问道。

急诊科肖力医生说道："这个病人的丈夫说，你给她做过胃镜，取过鸭骨头。半小时前说呼吸困难，吐血块，过一会儿就叫不醒了，刚送过来的。初步考虑是气道梗阻。"

一个年轻的生命就这么消失了。病人丈夫哭丧着脸，又是愤怒，又是伤心。可是愤怒也不能迁怒，医生已经反复告知了，病人自己掉以轻心，觉得对一个卡脖子的鸭骨头干嘛如此大惊小怪，这下真的悲剧了。但病人丈夫还是不依不饶地拉着梁教授，想骂梁教授，但也实在是不知道怎么骂人，就一直叨叨："是你做的胃镜，你要负责……你要负责……"

梁教授马上向医院总值班汇报了情况。医院做出预案解决这个事件，通过调取监控、电话录音，检查病例记录，认为医院这边没有过错。而后来，病人家属也实在找不出医院犯错的依据，也没闹，没投诉，事情也就那么了结了。一个鲜活的生命失去了，留下的是一个**深刻的教训**[1]和两个未满5岁的孩子。

👨‍⚕️ **张教授说**

1 **深刻的教训：**手术没有大小，只有风险概率大小，且概率小，并不意味着不会发生，哪怕是万分之一的概率，也是有那么几个人会发生。因此，术前谈话、术中标准操作以及术后密切观察是十分关键的，该患者十分可惜，如果在医院里，哪怕窒息了，可能救回来的希望就很大，别以为年轻就什么意外都不会发生。有时候，患者要想想你的家人，正确客观地面对手术。

在这个夜班中，小何深深感受到了梁教授的敬业和专业，也领悟到了消化科医生的压力还真是挺大。而真正让小何敬佩的或许还是梁教授的个人魅力吧，以及她的那句"你是医生呀！"

便秘，拉不出屎不单单是"痛"

　　时间流逝，终于正式开学了。一个月下来，魏轩和何金苜像是已经适应了科室的节奏，熟门熟路了。"八神"张子城终于露面了。他烫个头发，大长腿，胸前挂个项链，上面是个戒指，到科室的第一天，就有好多小护士纷纷打听他，还想各种办法加他微信，而子城对这"场面"司空见惯，应付自如。

　　原本三个人要分别到不同科室进行规范化培训，但不知道是政策执行问题还是其他什么原因，没落实好规范化培训时间，所以先在导师科室学习岗前适应两周，因而就有了三个人一起工作的机会。

　　张子城的导师是文一鸣教授，她是专门研究胃肠病的专家。

　　今天是文教授专家门诊时间，就带着子城上门诊。

　　因为文教授为人和蔼，对病人又很负责，因此，"粉丝"病人很多，要挂她的号很难。很多病人挂不到号就直接找文教授加号，文教授体谅病人都是大老远赶来的，不容易，所以也都会加一些号。这样，她每次门诊都要"拖堂"，经常到中午也不能休息。她就让人把午饭捎到诊室，边看病边吃饭。科里同事也习惯了，有时候有些"老病人"生怕文教授午餐吃不好，还会给文教授带点自己做的菜。导医经常说文教授太好说话了，方便了别人，却苦了自己，但文教授经常挂嘴边的一句话却是"大家都不容易"。

人群中，有一个病人脸色泛白，一直捂着肚子。排队人很多，他家属也不说要先看、病人痛苦忍不了之类的话，想想大家都是有疾苦才来看病的。

"你先过来下，你怎么了？"文教授发现后就冲着这个病人说道。

大家的目光都一起投向他。

"医生，我肚子胀，一直打嗝。"他回答到。

文教授跟大家示意："各位不好意思，我想给这位病人先看看，麻烦大家多等几分钟，谢谢。"文教授彬彬有礼，病人们都表示不要紧。

"怎样胀？仔细说说？"文教授认真打量起来，患者是中年男子，六十多岁，穿个黑色夹克衫，个不高，最多也就170cm，但是总感觉脸色黯淡无光，没精打采的，体型偏瘦。

"就是整个肚子都胀，前几天还好，这几天好像肚子都滚圆滚圆的了。"中年男子说道。

"大便解了吗？"

"前几天还解的，这两天没有，屁还是有的。我经常一周解两三次，也不觉得有啥不对劲。"

"大便什么颜色？有血吗？"

"黑黑的，反正平时也都这样，没有血，就这几天卫生纸上会带点儿，这个应该是痔疮吧，我们村卫生院给我看过，说是痔疮，反正也很多年的病了，也没管它。"中年病人如实回答着问题。

病历本上写着：陈长根，男，62岁，某省湖川县。

文教授招呼张子城，"子城，给这个老陈做个**肛门指诊**[1]。"

张子城是打游戏的一把好手，这个打游戏的"黄金手指"，现在要做肛门指诊，他有些许不乐意。不过为了"职业操守"，他还是听从导师安排，勉强为病人做了肛门指诊。

"怎么样？"文教授问道。

 张教授说

1 肛门指诊：是听起来挺恐怖，但这是效果立竿见影的诊断手法。医生会首先戴上医用手套，并给指套外面涂抹润滑油，插入被检者肛门，检查直肠、肛管是否有肿物，并初步判断肿物性质，退出来观察指套是否有血液、特殊颜色黏液附着，对肿瘤的早期发现有极高的价值。但我们发现很多体检病人是放弃这项检查的，有的怕痛、有的怕难为情，这是很落后的观念，医生最懂这项检查的价值，所以医生自己体检都会选择做的。

"好像有个硬硬的块，指套没有什么血液。"子城回答道。

"好的，陈师傅，你看这样行吗？我给你开个验血申请单，拍个片子。如果有问题，我们再进一步检查。"文教授低下头在老陈面前慢声细语地说道。

听到这几句话，陈长根立马紧张起来，说道："哎哟，医生，我是打零工的，没有那么多钱，也没有医保，你可少开点检查呀。"

听到这几句，其实子城是不高兴的，因为觉得这是对文教授不尊重。而文教授丝毫没有生气，因为她知道，这个病人一看就不会修饰自己的语言，本能地会把自己内心的想法直接表达出来，而这种表达并非带着恶意，只是一种本意，对于这样的病人，反而好沟通。

文教授耐心地解释道："哦，你放心吧，我会选择最适合你、最经济的方法来检查的。"其实这几句话，是没有什么底气的，因为文教授的经验告诉她，这个家庭似乎灾难来临了。

就诊的病人一个接着一个，有的开了检查，有的开了药物，有的收住入院了，但无论什么病人，文教授都最后说一句"放心吧，别担心，我们慢慢替你解决问题"，而患者总是"谢谢"然后微笑着离开诊间。

由于诊间的设计问题，候诊区太小，因此诊间经常拥挤着很多病人，这就辛苦了导医小姐姐许丹，她一个劲儿地在维持秩序。或许也是因为文教授名气大吧，还有好多病人都等在门

口想加号看病。

人群中突然那个病人"老陈"又出现了。

"老陈，你过来，检查都做完了吗？"文教授一眼看到，便问道。

"文医生，做完了，我看你一直在忙，不敢打扰你。"

看着一个被痛苦折磨的患者，如此体谅医生的辛苦，在场的医生护士们内心受到触动，向他投来了赞许的目光。

"**血色素**[1] 70g/L，伴有感染迹象，肠腔积气明显，伴有液

 张教授说

1 **血色素：**医生常说的"血色素"，其实就是血红蛋白（Hb），是红细胞检查中的一种成分，我们通常说的"贫血"就是用这个值作为衡量标准，男女有别，男性血红蛋白 <120g/L，女性血红蛋白 <110g/L，即为贫血，并分为四级：<90g/L 为轻度，90～60g/L 为中度，60～30g/L 为重度，<30g/L 为极重度，导致贫血的原因大致可以理解为：**生产太少和丢失太多**。生产太少常见的比如缺铁、缺叶酸等原材料，以及缺一些特殊的元素，比如促红细胞生成素（EPO）导致生产太少或者生产出没用的血红蛋白；还有就是丢失过多，比如大量失血以及脾脏功能亢进导致血红蛋白的破坏等，我们消化科最常见的自然是丢失导致的，比如溃疡出血啦，肿瘤出血等等。

平，考虑有**肠梗阻**[1]。"文教授喃喃自语道。

她抬起头微笑着对老陈说道："老陈，你得住院啦。要好好治啦！"

"住院？为啥住院呀！我不住院，我没钱呀，你给我点**开塞露**[2]通通大便就行了，我上次就是这样好的。"老陈有点忐忑不安，他一方面并不知道疾病的严重性，另一方面其实还是担心手里的钞票，也确实是经济困难。

 张教授说

1 **肠梗阻**：肠梗阻就是肠子堵住了么？其实不全对的，我们可以理解为：**大便不通畅了**！那不就是便秘么？也不对的，肠梗阻是肠内容物通过受阻，逐渐发展为肠子功能紊乱了，伴有感染了，大便没有出来了，放屁也没有了，有的病人还出现呕吐了等一系列症状，而最主要的症状是**肚子痛**，为什么会痛呢？人体很奇妙，当出现大便不通了，会自然加速肠动力，促使大便下行，而加剧疼痛。肠梗阻常见的类型不单单是**肠子堵住了**，还有可能是肠子没有动力了，粪便和屁在肠子里，但是不下行，成为"麻痹性肠梗阻"。肠梗阻分类方法很多，还有根据肠子是否伴有血运障碍分类，以及根据导致肠梗阻的原因分类等。因此老年人便秘的时候，如果肠动力药物吃了，更痛了，要小心可能肠子里有什么东西了，应该去做肠镜检查了，因为可能不单单是动力不足的哦，一定要重视！

2 **开塞露**：是大家常见的，常用于治疗便秘的药物，主要成分是甘油或山梨醇，通过润滑直肠和刺激肠道而治疗便秘，主要对就在肛门口的粪便嵌顿效果比较好，而且是相对比较安全的，老少皆宜。

文教授深知老陈的处境和内心的想法，不过这个时候再不治疗，那病人的预后会有很大的差别，还是中肯地说："陈师傅，我明白你的处境，但是，你现在的情况，真的不是几支开塞露就能解决的，听我的，我不会骗你的。"

文教授接着晓之以理、动之以情地说了，老陈时而点头，时而愁眉苦脸。周围等待的病人也没有表现出不耐烦，而是劝老陈得看病、得住院，都说文教授是名医，有医德的，不会骗你之类的话。

老陈随后对文教授说："文医生，哦，文主任，我谢谢你，那么劝我，我知道问题肯定是有点严重了，我自己也感觉这次和之前的不一样了，你看这样行吗？我和老婆商量下，再定，你先忙着，我们到门外商量好，再回来跟你说吧，谢谢您。"

老陈握握文教授的手背，眼里含着泪花，能感到他的手心是湿湿的。

不知道过了多久，文教授终于看完了所有病人，差不多到下午 1 点了。

文教授问道："诶？子城，那个'肠梗阻'呢？"

"对呀，人呢？"子城也想起来。

导医小姐姐许丹进来说："刚才我看到，他们在门口嘀咕了半天，两个人还吵了几句，后来就一前一后地走了。"

"走了？那可不行！必须追回来呀！快快，找电话、找电话。"文教授着急叫了起来。

三个人用各种途径找电话，可是找到的号码一直是关机状态，后来医院通过派出所去查，得到的号码也都是空号。

文教授无可奈何地对子城说道："现在的人呀，没有医保的真看不起病，一个疾病可能会花掉他一辈子的积蓄。还好现在政策好了，基本只要有稳定工作的，都会缴纳医疗保险，很多乡镇村级的也都有医保政策了，我国医保的覆盖面已经相当相当广了，但是还有是极少部分人，虽然政策是有了，觉得身体好，缴纳医保是浪费钱，等真的需要的时候，再补，就来不及了。哎，看这人的造化吧，但愿是我看错了吧。"

子城问道："文老师，这是什么疾病呀？"

文教授起身拿着杯子回病房，边走边说："这个也是我想考你的问题，你觉得这个肠梗阻是什么原因导致的？你怎么考虑？"

张子城其实特别聪明，就是爱打电子游戏，但是真的要论起学习，这三个研究生当中，或许他的智商、情商都是最高的。但文老师提的这个问题，其实他回答不了。他仔细想了想，含糊地说道："可能是不好的毛病吧，具体想请老师指导。"

张子城说完低下头，脸都红了。

文教授知道子城回答不出来，就不为难他了。毕竟是没认识几天，以后再严格教育吧，说道："这个人，很可能是肠癌。"

"肠癌？通过这几张化验单就能看出来吗？文老师您也太厉害了！"张子城有点惊讶，当然也有拍马屁的成分。

文教授知道这孩子喜欢"吹捧"老师，就故意问问他："你觉得像是什么呢？想听听你的意见。"

"不不不，不敢，不过我觉得可能还有其他疾病。"

文教授点点头："嗯，你说说。"

张子城这下尴尬了，自己给自己下了个套，但话都说到这份上了，也不得不硬着头皮往下说了，便说道："这个病人因腹痛来的，位置在右下腹，又有血便，在肠癌考虑的同时，还有可能是**克罗恩病**[1]。"

文教授听到子城可以提到"克罗恩病"，感觉有点开心了，接着问道："嗯，不错，那么对这个病人你怎么鉴别是肠癌还是克罗恩病呢？"

"这个……"张子城摸着脑袋说不出来了。其实这个克罗

 张教授说

1 **克罗恩病：**Crohn 病是一种日趋增多的消化科疾病，是炎症性肠病的一种，发病具体原因不明，年轻人多见，以 20～30 岁最多，最常见的表现为腹痛、腹泻、肠道的出血、溃疡，有些病人会有肛瘘，在肛肠科看病时被发现，有些病人会出现发热、营养障碍，消瘦、贫血、低蛋白表现，有些并发肠梗阻，因为这个病起病隐匿，确诊困难，已经慢慢成为消化科的疑难病种。

恩病是刚才门诊的时候，子城偷偷拿手机查的，故意说几个少见病，让教授觉得自己懂很多，这是一种套路，因为他知道文教授喜欢学术钻研型的学生，投其所好罢了。

而这个时候文教授还没有察觉出来，只是告诉他两个字："肠镜！"

"嗯，对，我一下子没想出来。文教授您说得对。"子城奉承道。

接着文教授跟子城说了其他疾病的鉴别诊断，比如**肠结核**[1]、消化道穿孔、阑尾炎、肝脓肿，七七八八说了很多。

很显然，因为子城提出的那个"克罗恩病"，让文教授开始慢慢喜欢张子城了。

 张教授说

1 **肠结核**：顾名思义，是肠子里长了结核，那么这个结核怎么来的？最常见就是肺结核的病人，把含有结核杆菌的痰液咽下去然后感染的。这个病很难诊断，因为肠镜下的黏膜表现千奇百怪，而活检证实下可以确诊，但是医学是很严谨的，比如肠镜活检明确有结核杆菌，或者病理表现符合，就确诊，但是，活检显示没有结核菌并不代表不是结核病，这是因为可能取材部位的问题而没有活检到，医学就是那么严谨的，胃镜活检的时候，判断是不是恶性肿瘤也是同理。

　　转天，急诊室来了一个腹痛严重的病人，**腹部立位平片**[1]显示肠梗阻，梗阻部位上端的肠子已经十分扩张了，这个病人叫着要找"文医生"。急诊科医生想来想去应该是文一鸣教授，所以请了文教授下楼会诊。

　　"老陈，真是你呀！"文教授一眼就认出来了，心中还有一丝窃喜。

　　老陈含着眼泪，捂着自己的肚子说道："文医生，请您救救我，我真不该不听你的话。"

　　身旁老陈的老婆也是哀求的眼神，直直地看着文教授。

　　而此时的文教授，心中并没有什么欣慰感了。因为她知道，或许留给老陈的日子不多了。

　　"一鸣！"急诊科牛主任过来打招呼，"看样子，你的粉丝得收住院了。"

　　牛主任是当年和文一鸣教授一起进了这家医院的，两人也

 张教授说

1 **腹部立位平片**：是消化科经常使用的一种 X 线摄片方式，病人站立拍片，主要用来判断是否有消化道穿孔，以及是否有肠梗阻，当然可以鉴别的疾病还有很多，但在消化道穿孔以及肠梗阻的诊断中，有着至关重要的地位，因为方便、快速。但 X 线对孕妇不合适，因此，如果你怀孕了**或者有可能怀孕了**，一定要提前告诉医生。

是私交很好的朋友。文教授和牛主任礼貌性地寒暄着，然后开了住院证"消化二病区，18床"。

回来后，文教授打开电脑，翻看病人腹部X线片，几秒钟后，冒出一句："子城，让家属办完住院，马上到我这里来，这个人要'放管子'。"

其实张子城也不知道"放管子"是放什么管子，反正教授那么说了，就直接跑到急诊室去了，通知家属，原话跟老陈妻子说了。老陈妻子也不知所以，就感觉医生说的都是专业的，就赶紧办完住院手续，推着病床进了病区。

老陈还在"哎呀呀"地叫唤着，总感觉自己的肚子越来越胀了，像是喝了女儿国的水似的，难受得要命。

老陈的妻子、儿子找到文教授，问道："文医生，刚才有医生过来跟我们说，要放管子，是要开刀了吗？"

文教授请两个人坐下，然后打开腹部X线片，说道："你们看，这是老陈的肚子，肠子里面全是气体，还有**液平**[1]，好多，这是典型的肠梗阻表现，就是我们通常说的，肠子堵住了。堵住了，我们就要想办法通通，其实我们需要知道为什么

🩺 **张教授说** ─────────

1 **液平**：肠道内因各种原因发生梗阻时液体停留的平面，用于提示出现了肠梗阻。

会堵住，什么东西堵住了？是粪便？亦或是肿瘤？从那天老陈来看病的化验单看起来，肿瘤的可能性很大，而能够让肠子堵住的肿瘤，一般都是恶性的。"

越说越严重，只见老陈的妻子，突然"哇"地一声哭了起来，然后"扑通"跪在文教授面前。

文教授一把抓住她，说道："你这是干什么，这是干什么呀！"

老陈妻子含泪哽咽地说道："嗯，我们当家人，一辈子苦呀，起早贪黑地弄地，辛苦弄来的一点钱，都给儿子读书了，现在儿子也快成家了，本想着，给儿子办完事儿，就可以享福了，这肿瘤，这，这可怎么办呀……"说着说着，眼泪不停地流，旁边儿子，也是掩面含泪地扶着母亲。

文教授安慰道："别难过了，目前只是怀疑，别难过。"

老陈的儿子问道："那医生，接下来该怎么办呢？"

"就目前情况看，我们要做几件事情，首先，我打算马上给他放**小肠减压管**[1]，缓解肠梗阻，接着有条件我们要做肠

 张教授说

1 **小肠减压管**：是一种缓解肠道压力的管子，一般是从鼻子插入，在胃镜引导下放到十二指肠，然后前端会有水囊，通过肠子的蠕动以及水囊重力的作用，逐渐往前"行走"，因为小肠减压管的外端接着负压吸引，所以肠子里的液体气体会被抽出来，起到逐步缓解的作用，是治疗肠梗阻的有效方法。

镜，肠镜不好做，因为估计肠子里都是大便，我们要先**灌肠治疗**[1]，之后再行肠镜检查。我判断肿瘤位置距离肛门很近，我们可以尝试下肠镜时进行**活检**[2]，来明确是不是癌，同时，我们想着能否放支架，把梗阻的部位撑开，让肠子里的大便能排出来，缓解肠梗阻。然后根据病理结果，制订下一步治疗方案。"文教授耐心地讲解着。

老陈儿子说道："是不是说，先治疗肠梗阻，再找肠梗阻原因，最后再进行病因治疗！"

"对！年轻人理解能力就是强，就是这个意思！"文教授

 张教授说

1 **灌肠治疗**：是将温热的生理盐水或者药液从肛门灌入，然后根据需要，保留一段时间或者直接让患者解出，可以起到清洁结肠及通便的作用。

2 **活检**：是指**活体组织检验**，是消化内镜发现可疑病灶后，使用一次性活检钳，取组织，进行病理学观察（显微镜下观察），得出病变性质，我们要有一个基本概念：病理诊断往往是疾病诊断的金标准。因此在医院里，医生会取患者的组织化验得到客观证据，改进治疗方案。活检有出血的风险，因此如在服用"阿司匹林""华法林""氯吡格雷（波立维、泰嘉）""利伐他班"等抗凝药物时，一定要如实告诉医生，在规定时间停药后，方可活检，切记！（也有国外的指南推荐不需要停药可以活检，但笔者认为，如果不到万不得已何必去冒这个风险呢。）

这时候有一丝的欣喜。

"行，文医生，那我们就按您的意思办吧。"老陈儿子诚恳地说道。

小肠减压管要从鼻腔进入，因为担心病人误吸，所以一般是不做全身麻醉的，不过也就是 10 分钟吧，小肠减压管顺利放进去了，刚放进去，就吸出来好多好多粪水样的东西，看着令人作呕，而对于医生来说，早就司空见惯了。

老陈明显感觉肚子松快了好多，但是，这绝对不是治好了，而仅仅是肠梗阻治疗的开始。迎接老陈的是 CT 检查，判断转移情况以及明天的肠镜。

肠镜检查开始：老陈的梗阻位置在乙状结肠，整个肠腔都堵住了，文教授取了活检，然后，找到"一条缝"放进了金属支架，逐渐撑开，这个时候，大便"噗噗"地喷了出来。而事实上，是整整喷了一个晚上，整个病房都"臭气熏天"。有的病人不得已请假回家睡了，有的病人开始埋怨，也有的病人搬到了走廊睡。而这个时候最舒服的，应该就是老陈了，因为"上下通气"了，肚子也马上瘪了下来。

经过几天的全身评估，发现老陈没有远处转移病灶，活检病理也出来了，是"**中分化腺癌**[1]"，所以要转外科手术治疗。

在转外科前的最后一次谈话中，文教授对老陈说了一句："叫你儿子来找我做个肠镜。"

大家都知道，文教授很少加班做肠镜，因为她实在太忙了。这次文教授愿意加班给老陈的儿子做，小伙子也是很开心的。因为小伙子是很拎得清的，他知道肠癌会遗传，自己也想着要去做检查呢。文教授这么一说真是太好了，而痛苦的事情

张教授说

1 **中分化腺癌：**中分化是指病理分化程度，分化程度越低越不好，常见的分级有：低分化、中分化、高分化。显然中分化并不是很好。腺癌是组织类型，常见的有鳞癌、腺癌等，肠道的以腺癌为主。

是，**泻药**[1] 真的很难喝，又甜又咸，又感觉有点油腻，喝一半吐一半，艰难地完成了肠道准备。

 张教授说

1 泻药（肠道准备）：在肠镜检查前，喝泻药排空肠道，是必须要完成的步骤。一般在肠镜检查前 4～6 小时开始，需要喝 2～3L 泻药，大部分人会解 8 次以上大便，一般泻药都是混合配方，很少发生"虚脱"的情况，但是年老体弱的人使用泻药排空肠道要注意密切观察（体弱的老年人导泻，必须有人陪同，保持密切观察）。直到解出的粪便成清水样或者淡黄色（参考本书文末图片），才可行肠镜检查。解得是否干净对病灶的发现，肠镜下病灶切除术后感染以及肠镜检查中发生穿孔等并发症都有着直接联系。所以，如果你要做肠镜，请务必解干净大便。顺便同情地说一句：泻药真的不是那么好喝的，切身感受是，肠镜检查会有不适感，现在的无痛肠镜检查是不痛苦的，相对而言，肠道准备却是个痛苦的过程，因此我们一直在研究如何改善口感又改进导泻效果，目前已经有新的方法替代，效果都还不错。

"你是医生，你应该的！"

这天，小陈在肠镜室门口等着，等待着文教授亲自来做肠镜检查。

突然肠镜室里吵闹起来，越吵越大声："为什么还没轮到我们？我们早上 8 点就在这里等了，现在都 12 点了，很多人在我们后面来的，都先做了。我们年纪大了，我们有糖尿病，不能饿……"

上前一看，人群里一个中年男子，板寸头，大金链子，手腕带着佛珠，花衬衫，用着一口标准的当地话，在内镜室里叫嚣。

护士长走过来，拿起这个病人的检查单，上面写着"俞医生介绍，临时加！需等待！"

此时，医院里的保安也纷纷到达内镜中心。

护士长上前解释道："人家都是预约排队一个月的，你是临时加的，自然是等人家做完，才轮到你的，需要耐心等待，既然答应你了，那就愿意额外给你加做，但是必须等。"

"不，你们跟我说的是 10 点，现在都 12 点了，那么大的

空调，让我们穿个'开裆裤'，在这里坐两个小时还没轮到。人家晚来的，都做了。我老婆有糖尿病，不能饿的，万一晕倒了，怎么办，你负责呀！"中年男人丝毫没有退让。

护士长看这个人根本不讲道理呀，就按照单子上面写的医生名字打电话过去："喂，那谁，有个叫某某某的病人，是你介绍来的吧，你过来解释下吧，这个病人在内镜室里闹。"

"闹？！谁要跟你们闹了，我是来讲道理的，什么叫'先来后到'。"中年男子又开始不停地念叨，整个内镜室乱哄哄的，很多原本耐心等待的病人也开始骚动起来了。纷纷表示自己也等很久了，饿着肚子之类的；有的病人说："凭什么临时加，要提前。"被中年男人一瞪眼，缩了回去；也有的说医生也没停过，一直在手术，怪不得谁，内镜室乱得像被揭开了的锅。

隔壁 ERCP 操作间的消化科主任李奕名教授，听到肠镜室乱哄哄的，穿着**铅衣**[1] 走了过来。看到一个病人在叫嚣，李教授不紧不慢地问："发生了什么事情？"

护士长马上过来想说明情况，可还没等护士长靠近，戴

 张教授说

1 **铅衣**：ERCP 是一个需要 X 线透视辅助的手术，因此，操作者需要穿着约 10 千克重的铅衣防止辐射，如果操作一天，就要负重一天，因此很多消化科医生多有不同程度的腰肌劳损。

"大金链子"男子就冲着李教授说道："你是这里领导吧，你们哪有这样的道理，我们 8 点就来了，你看看现在几点了，都 12 点了，还没轮到，刚才说还有 3 个人，现在看，还有 3 个人，过了一个小时，一个都没做么？我就看到好多人插队的，是不是都是你们认识的？我们病人是有糖尿病的，如果晕倒了，是不是你们负责……"越说越来劲，没完没了。

李奕名主任听完，说了句："我早上 7 点就在这里做了，到现在也没停过。"

"你是医生，你应该的！"叫嚣的家属脱口而出。

这句话，划过天际，似乎一道闪电，让全场都安静了下来。不再有病人家属附和了，不再有医生回应了。李主任也一言不发地离开了，继续回 ERCP 室，只有护士长还在那里协调。

戴"大金链子"男子也突然间感觉到了什么，一时间语言也停顿了。

护士长的态度还是不变的：要做，等待；不要做，可以离开；再扰乱医疗秩序，保安请你离开！这是临床科室对扰乱医疗秩序者的基本态度，就像李奕名主任常说的："我们是专业技术人员，医疗资源的供给是有限的，医生尽己所能帮助病人，但不是无原则迁就病人，吵架并不能解决问题。"

戴"大金链子"男子仍然不依不饶，其他病人是"拉架"

态度——别那么得理不饶人了，只是想检查而已。甚至有等待的病人提出，让出自己的位置，但护士长是不同意的。最终"大金链子"的态度是："有什么了不起的，老子认识省级医院的人多了去了，老子今天不检查了。"因为在他看来，面子是非常重要的事情。

护士长是懂李主任的，因为，李主任对于这类事件的态度永远是"能沟通才沟通"。

最后，"大金链子"夫妻还是不做检查走了。

紧接着"介绍病人"的俞医生到达现场，后来听俞医生解释了才知道，不存在"介绍病人"这样的事情，这个病人是马上要出院了，说想做个胃肠镜检查一下。俞医生已经告诉她了，预约胃肠镜检查要排队一个月，临时一般是约不到的。如果真的想做，需要请消化科医生额外加班的。这位病人坚持要做，俞医生就联系了消化科的一位医生帮个忙，也说好了安排

最后检查，没人通知他们那么早来，对**糖尿病病人胃镜检查**[1]
的注意事项也进行了告知。昨天这个病人还求着俞医生帮忙联
系的，俞医生提的注意事项病人说都照做，而到了今天就不一
样了。

 张教授说 ────────────────────────────

1 **糖尿病病人胃镜检查：**我们在实际工作中经常遇到伴随其他疾病的病
人需要做胃镜检查，比如糖尿病、高血压病、心脏病等，在这里说明下
糖尿病病人的全身麻醉胃镜检查注意事项。首先，糖尿病病人的胃镜检
查空腹时间与普通胃镜检查空腹时间是一致的，一般要求禁食、禁水
4 小时以上，如果有胃潴留病史，要求禁食、禁水更长时间，对于非全
身麻醉的胃镜，对于禁水要求会相对低一下，因为在胃镜插入之后，可
以做吸引，患者神志清楚，在出现误吸的时候人体有咳嗽反射是相对安
全的。而对于全身麻醉的患者，必须禁水至少 4 个小时（急诊内镜手术
另论），防止意识丧失下，行胃镜检查时患者出现呕吐而导致吸入性肺
炎，甚至窒息死亡。其次，为使得胃黏膜表面清晰，我们会让患者术前
服用去泡剂及去黏液剂，全身麻醉病人服用时间提前。再次，对于糖尿
病病人，担心低血糖发作，必须有家属陪同，出发前以及等待时间过长
而出现低血糖症状（全身乏力、出汗、四肢颤抖等）时，应及时测手指
血糖，身边可带"无色硬糖"，必要时可含服，禁止吞服及饮水；最后，
全身麻醉胃镜检查后，必须由陪同人员带回，不得自行驾车，如有不适
及时就诊。

早期检查到底有多重要

　　风波总算是过去，病人也陆续都完成了检查，这个时候等在门口的小陈总算等到了文教授的召唤。

　　"陈晨天！在吗？"

　　小陈马上起身："在，在！"

　　护士问道："**肠镜检查的裤子**[1]换好了吗？"

　　"嗯，换好了。"

　　"拉了几次了？"

　　"十多次了。"

 张教授说

1 **肠镜检查的裤子**：肠镜裤，就是我们通常所说的"开裆裤"，这个"裆"开在哪里，自然是肠镜进入的地方——肛门，因此，无论你的裤子是买的，还在是自己"开发"的，请注意给"菊花留个洞"。留多大？一般建议能大则大，因为在肠镜检查的时候，可能会变换体位，防止挡住肛门，这个时候，内镜医生会"无情"地将口子撕开。

"最后一次拉出来的是什么颜色[1]？"

"跟清水一样了，稍微带点黄色。"

"有粪渣吗？"

"没有了。"

"平常吃**阿司匹林、氯吡格雷、华法林等抗凝药**[2]吗？"

"哦，没吃过。平常不吃药。"

内镜护士做完术前常规询问后，把陈晨天带到文教授那里，躺下，侧卧，臀部对着医生，双腿弯曲。

"小陈呀，你来啦，等很久了吧。"文教授亲切地询问

 张教授说

1 肠镜检查的关键点是肠道清洁度，越干净越不容易遗漏病灶，这点都好理解，还有要指出的是，如果粪便很多，容易导致肠镜方向判断失误，而导致穿孔概率增加，而且对于病灶切除，会有增加感染的风险；有些稀薄的粪水可以在肠镜下清洁冲洗后观察，而大的粪块不能冲洗吸引，会导致肠镜堵塞，因此肠道清洁度是十分重要的。

2 **阿司匹林、氯吡格雷、华法林等抗凝药：**这些都是常见的抗凝药物，治疗心脑血管疾病的常见药，由于国人饮食结构改善等原因，心脑血管疾病的人群越来越多，服用这类药物的人群越来越大，因此术前必须问清楚，如果需要切除肿块，一般必须停药 5~7 天以上。对于只是做检查的患者一般无需停药，但如果不是紧急手术或必须马上完善的检查，可以按规定停药后操作，以防止因为黏膜擦伤导致出血不止。

道，而这个时候其实文教授已经快站不住了，等着内镜护士准备肠镜的空隙，坐在旁边的转椅上休息。

"不不不，文教授，您能给我加班做肠镜，我已经很感谢了。还好还好，谢谢。"

文教授虽然忙碌了一个上午，可听到小陈这样的感恩，还是很欣慰的，便说道："以前做过肠镜吗？"

"没有。"

"肠镜可能有点难受，能忍受吗？"

"会疼呀？文教授，一般的还能忍受的。"

"一般是有点**胀气感**[1]，有些病人会疼。"文教授解释道。

小陈咬咬牙，点头说道："嗯，来吧。"

为了减少摩擦，医生在操作时会在肠镜头端涂抹润滑剂。

 张教授说

1 肠镜疼痛（胀气感）：很多人害怕做肠镜，是因为害怕疼痛，首先胀气感是几乎所有人都有的，因为肠镜行进过程中，是需要注入气体的，至于疼痛与否不一定，因为每个人的大肠会有差异，有些人直，有些人弯，自然弯曲多的容易疼痛，同时如果做过腹部手术，如剖宫产、阑尾炎、节育手术、子宫切除术等，有些人会有大肠黏连，肠镜通过导致大肠牵拉而疼痛，如果无法耐受疼痛者，可行全身麻醉下肠镜检查，再者就是每个人对疼痛的耐受程度也是不同的。总结来说，绝大部分人都是能顺利完成的。

肠镜检查一般是先将肠镜从直肠往上一直插到最深处——回盲部（人体右下腹，阑尾开口以及大肠小肠连接的地方），必要时可以进入小肠一小段，再逐渐返回观察。

检查中文教授突然眉头一皱，没说话，只是反复对直肠的一个有点隆起来了的地方，大小在 2 厘米左右，做各种观察——**放大、电子染色**[1]。最后在护士配合下，取了活检，并做了加急病理检查的处理。

文教授很诚恳地和小陈说道："小陈，今天肠镜检查很顺利，我在你直肠里看到一个肿块，这个位置很尴尬，距离肛门很近，具体性质要等明天的病理结果。我的经验是，介于良恶性肿瘤之间，如果可以我肠镜下给你切除，要不然位置很靠近肛门；如果外科手术切除，可能肛门保不住！"

"肛门保不住！"小陈一愣，"保不住是什么意思？"

"就是可能需要切除肿瘤，然后将肛门封闭，以后大便从

 张教授说

1 **放大、电子染色：** 先进配置的肠镜和胃镜，都有放大和电子染色功能，经验足的医生，可以通过把病变进行放大和电子染色，观察病变细节，从而判断出病变性质，换句话说，可以大致判断是不是恶性肿瘤，以及能判断能不能内镜下就做切除，还是需要外科开刀。一般可以内镜下切除就选择内镜下切除，因为内镜切除，患者几乎无痛苦，恢复快，较外科手术相比，生活质量明显提高。

肚子上接个袋子出来。"

这段话，让小陈差点晕了过去。原本就泻药吃完腿软的，现在听说可能是恶性肿瘤，要开刀，肛门保不住，想想自己才30岁不到，还没结婚，父亲刚刚外科手术切除肿瘤，后面有一大堆的事情要处理。几分钟的思绪，让小陈似乎老了很多。

"接下来，我该怎么办？"小陈迷惘地看着文教授。

文教授知道这么直白地告诉他，是残忍了一些，但是这事也不可能跟他的父母亲去说，只能如此。文教授说道："我明天给你做一个**超声内镜**[1]，然后你要做一个下腹部 CT 增强扫描，看周围是否有转移迹象。"

原本精力旺盛的小陈，在这么一波谈话后，变得双眼无神，大脑空白。他一时间无法接受这个事实。父亲的肠癌刚开刀，自己也可能是肠癌，一个熬了30年原本充满希望的家庭，瞬间蒙上了一层无法抹去的阴影，这可怎么办？这也没法

 张教授说

1 **超声内镜**：我们可以理解为，把 B 超探头放在肠镜前方，给肠黏膜做 B 超，主要用来观察肿瘤进展在黏膜的哪一层，判断浸润深度，判断能否肠镜下切除肿瘤，根据不同的超声频率还可以观察消化道以外的脏器结构。

和父母亲去说。小陈只是礼貌性地回应了文教授，而自己说了什么，做了什么，已经想不起来了。

当晚，小陈还顶着红红的眼睛，给父亲伴护陪夜，母亲问怎么回事，小陈只是笑笑说道："熬夜，熬的。"

转天，医生给小陈做了超声内镜检查，发现肿瘤并没有很明显的浸润现象，肠道黏膜几层结构还是完整的，因此，如果增强 CT 提示没有明显转移的话，可以行 ESD [1] 治疗。这个消息传到小陈耳朵里，小陈瞬间感觉生活充满阳光，兴奋地差点跳起来。

几天后，增强 CT 结果出来了，证实没有远处转移迹象，因此文教授给小陈做 ESD 治疗，而手术并非想象中那么顺利。

为了尽可能地保留直肠和肛门功能，文教授小心地分离肿瘤，但是肿瘤的进展远远超过了超声内镜的判断，还是有部分肿瘤组织有深度侵犯的迹象，因此文教授尝试切除更深的组

 张教授说

1 ESD（内镜黏膜下剥离术）：是一种手术方式，都知道肠子很薄，但是再薄的肠子，也是有 4 层结构的，手术将其中两层用药液分开，然后将病灶部位的黏膜及黏膜下层切除，因为是经自然孔道（肛门或者口腔）手术的，因此皮肤表面没有瘢痕，而且大肠肿瘤切除后，疼痛很少，因此，被广泛应用，但是前提是技术要求极高，以及需要早期发现肿瘤。

织。在这个过程中，虽然文教授经验老道，但手术几次碰到血管，还是出了很多血。庆幸的是，手术当中没有发生穿孔并发症，但是为了将肿瘤切干净一些，而使得肠子变得很薄很薄，跟一层纸没有什么两样。因此，下台后文教授千叮咛万嘱咐，要注意术后的康复。

切下来的组织直径足足有 4 厘米大。

在等待病理结果的几天里，医生严格控制着陈晨天的饮食，严格输液治疗，术后并没有出现腹痛、发热的症状，到底是年轻人呀。

而这个时候比文教授团队还辛苦的，或许就是陈晨天的妈妈了，因为家里两个男人都要照顾，看着也真是可怜。

每次查房，文教授冲着小陈反复念叨的还是那句话："人间有真情，放心吧。"

病理结果出来了，肿瘤侵犯的深度还好，在安全范围内，做到了治愈性切除，不用追加外科手术，肛门保住了！小伙子的新生活，重启了！

陈晨天感觉空气都变得格外清新，好像重新活过来的感觉，放在心头的石头总算是落下了。文教授查房的时候，对着陈晨天和研究生们说道："你们感受到了吗？**早期检查**[1]是多么重要！对患者小陈我们当时考虑的是，他父亲患有肠道恶性肿瘤，因此建议直系亲属筛查一下，仅此而已，没想到有不幸的'意外收获'。这个肿瘤位置很刁，如果外科手术，肛门肯定保不住，而做肠镜下 ESD，对病人保住肛门来说则是最好的选择。同学们，作为以后的医生，你们千万要为病人着想。或许对你来说，一个病人的诊治结束了，该开刀开刀，肛门该切就切了。但你们要知道，一个正常的生理解剖结构，对一个人来说是多么重要，所以对于病人，我们要想在心里，时时刻刻想办法，换位思考，这样你也能得到病人的尊重。"

　　文教授见多识广，类似的病例见多了。对于文教授来说，

👩‍⚕️ **张教授说** ─────────────────────

1 **早期检查**：通常我们都知道"有病找医生"，但忽略了"没病找医生"，中医里面讲"治未病"就是这个理念。随着大家的饮食习惯、环境因素等多种原因的改变，肿瘤的发病率逐年上升，而早期发现肿瘤对预后有着直接的关系，目前，消化内镜可以通过放大、电子染色、色素染色、活检等多种形式，对早期肿瘤进行筛查及确诊，且很多早期肿瘤可以在胃肠镜下直接切除，而达到根治的目的，一般我们推荐有消化道肿瘤家族史、年龄大于 40 周岁或有消化道症状的人群积极参加消化道内镜早癌筛查，我们消化内镜界著名的李兆申院士提出"发现一例早癌、挽救一个生命、幸福一个家庭"的科学理念，应该被我们这一代人和后代深刻地理解，幸福几代人。

小陈只是众多病人中的一个。而对于小陈这样一个个的病人来说，后面就是一个个家庭。有时候医生认真仔细负责，可能就能挽救一个家庭，幸福一个家庭。所以，医生肩上的担子是很沉重的。

文教授讲着，学生们听着。突然，一个中年妇女冲上来，哭哭啼啼地要给文教授下跪。文教授不知发生了什么，一把拉起这个人，定睛一看，哦，原来是小陈的妈妈。

"文教授，您真是观世音菩萨呀！您救了我们一家呀！两个当家人的病都治好了，要不然，你让我怎么活呀……"

"哎呀，不不不，没有那么夸张啦，都是我们的工作……"文教授平静地说道。

或许这就是山里人淳朴的一面，他们会用朴素的语言表达感谢，有时候会打听怎么"讨好"医生，经常会带一些"土特产"给医生，都是些自己家乡的东西，但医生常常怕"行风"问题不能收，家属就偷偷放在办公室，因此有时土特产变质发臭了才被发现。其实医生不缺这些，缺的是患者的信任，缺的是真正的认可。

消化科的办公室里，有个地方是专门堆锦旗的。为什么是"堆"，而不是"挂"呢，这是科主任李奕名定的规矩，办公室的白墙上还是挂些规章制度和病人信息更有意义。有人夸张地说："消化科的锦旗要是挂起来，墙都要倒了。"

而科室里面，并非事事都太平。

医生喝多也吐血

　　三位消化内科研究生有的积极主动，有的不紧不慢，总体来说还算靠谱。连日来的科室学习，所见所闻，也让这三位医学生有了新的认知，对于疾病，对于形形色色的人，对于社会。

　　下午有一个科室学习，科室学习结束之后，科主任李奕名说"会后聚聚"。这个"聚聚"对于有些单纯的学生来说，只是一次免费的晚餐；而对于有些有心机的学生来说，是一次接触科里科主任的机会，更是日后工作定科的"关键机会"。

　　繁忙的工作期间，要让大家抽时间一起吃个饭并不容易，今天的聚餐还是有很多护士没能来。李主任耍了个心眼，先让进修医生值班，饭后本科室的医生再去替进修医生值班。因此聚餐位置就在医院附近，方便有突发情况，可以及时赶回去。这样的安排虽然对进修医生有失公平，但也是"情非得已"，聚齐一个科室全部医生实在是太难太难了，大家对于李主任这样的安排是十分感激的，几年一次的机会。

　　今晚的餐馆是在医院附近的一个海鲜坊，各种生猛海鲜都

上了。护士姐妹们吃得很开心，还有很多人喝得很开心。

一开席，李主任举杯说："今天很高兴，大家能在那么繁忙的工作中聚到一起。首先，我们为'难得'，先干上一杯。"

叮叮当当一阵碰杯后，一杯酒下肚。

"然后，为大家一年来辛苦的工作，感谢你们，来，干杯！"

一阵碰杯后，再次下肚。

"这第三杯酒，我们也感谢今年离职的陈璐和王小伟，感谢他们在过去为科室做的贡献；同时，也欢迎今年新加入我们战队的孙斌博士和王子博博士，以及各位研究生们。"

大家再一次一饮而尽。

三杯酒下肚，有些人有点晕了，因为喝得都是高度白酒，而那些喝橙汁的人自然没事。要说那些喝白酒的，一般都是些科室骨干、科室领导，以及几个从不喝酒的研究生了，包括喝了满满三杯白酒的张子城。

子城跟文教授提议："文老师，咱们是不是一起敬敬李主任呀？"

涨红的脸带着一丝滑头，让文教授看着有些不舒服，觉得年纪轻轻怎么就懂得那么多的社会套路，但是又想现在的年轻人是不是都这么"社会"呢？文教授转头看看还有魏轩和何金苷，只见魏轩已经有点支撑不住了，摇头晃脑地还时不时干呕着；小何还行，可能是基因的缘故吧，几杯白酒下肚，跟没喝似的。文一鸣意识到，不同的人有着不同的性格，各有自己的生存之道。文教授确实是一个不爱交际的人，也从不主动搭讪，于是跟子城说道："子城，等等吧，人家都还没敬酒呢，我们最后去吧。"

显然，张子城有些不快，但老师就是老师，他微笑着点头说好，默默地吃东西。

大概十分钟后，大家吃得也差不多了，都纷纷起来，相互敬酒。有以医疗组为单元的，有以新员工为团体的，还有女性敬男性的，反正就是各种由头各种喝。转眼间，文一鸣发现身边的张子城不见了，抬头寻找，发现子城左手拎一瓶白酒，右手举一个酒杯在和李奕名攀谈。

"李主任，我是今年新来的研究生，我叫张子城，老家山东日照的。听说您老家也是山东的，还望您多多关照呀。"子城自我介绍道。

对于"身经百战"的李奕名来说，几句话下来就知道对面的这个小伙子"几斤几两"了，只是微笑着说道："哦，欢迎欢迎，你是谁的研究生呀？"

"哦，文教授，文一鸣教授。"说完两个人都冲着文一鸣看看，文教授一看两个人在看着她，礼貌性地点头回应下，内心很是尴尬，因为自己还没带学生去敬酒，学生自己却跑去了，也担心让李奕名误会，以为这是她的意思。

"一鸣教授可是很厉害的，跟我的名字还一个音呢，你可要好好学习呀，哈！"李主任托付道。

"还真是，叫'一鸣'的都很厉害，嘿嘿。"子城满脸堆笑附和道。

李主任和张子城再次碰杯后分开。

其实张子城很明白自己要什么，他要是的工作岗位，他没有背景，本科学校又一般，也没有很好的科研能力，能靠的只有自己。对于和主任套近乎有没有用，他自己也不知道，但是想着这样总比李主任不知道自己是谁要好。

然而李主任心里想的是，这个孩子太社会化，以后怎么发展，还是要看他自己。

对于张子城的导师文一鸣来说，只有一脸的尴尬。

魏轩已经快不行了，摇头晃脑地，还不断地找护士说话。大家也都看着这孩子太老实了，谁敬酒都"搭上一杯"，谁让她喝她都喝。她其实并不爱喝酒，也不是有意应酬着喝酒，关键就是实在。

魏轩终于忍不住，吐了。

在旁的小护士赶忙躲闪，但还是"未能幸免"，腿上还是被沾染上了呕吐物。

何金昔赶忙扶着魏轩去卫生间，魏轩在卫生间一个劲儿地呕吐。小何先出来和酒店工作人员一起收拾地上的呕吐物，轻手轻脚，生怕扫了大家吃饭的心情。这些细节被他的导师梁楠教授看在眼里，也看在李奕名主任眼里。

小何再回到卫生间去看魏轩的时候，发现呕吐物有很多鲜血！就赶紧跑出来，跟梁楠说："魏轩吐血了！"

"啊？快带我去看看！"说完两个人转身冲进卫生间。只见洗手盆里很多鲜血，还带着血块。

"来，赶紧去科里，安排个病床。"梁楠主任跟小何说道，接着两个人扶着魏轩出了卫生间，好多人都围了过来，大家一看这场面，也都没了继续喝酒的心思，渐渐都散了，各回各家了。科主任李奕名和几位主任还是陪着魏轩到了科室，大家都知道，魏轩应该是"**贲门黏膜撕裂征[1]**"了，可是大家都或多或少喝了点酒，谁都不敢给魏轩做胃镜止血。

这时候李奕名主任说道："我看出血量不大，先用药物止

张教授说 ─────────────────────

1 贲门黏膜撕裂征（Mallory-Weiss 综合征）：我们人体食管和胃连接的地方，叫"贲门"，这个地方的黏膜比较薄弱，黏膜肌肉的伸展性比较差，因此，在胃内应力骤然上升的时候就容易撕裂，常见于过度饮酒、妊娠、肠梗阻等引起的剧烈恶心呕吐，剧烈咳嗽也可引起该综合征。严重者可有食管破裂，甚至死亡。

血，PPI [1]、止吐、止血都用上看，如果后半夜吐血还很严重的话，我来动手，现在我先去休息。"

　　主任一声令下，大家自然都按这个意思办了，谁也不敢给魏轩马上做胃镜。这个时候做胃镜风险确实很大，急性消化道

 张教授说

1 PPI（质子泵抑制剂）：主要作用是抑制胃酸分泌，从而可以进一步抑制很多内分泌腺体的分泌，因此，这是消化科几乎最常见的药物，就是我们经常看到的那种"某某拉唑"，口服的也有，有时候被称为"止血药"，其实对根治疗来说，是可以这么说的，但是跟一般所说的"止血药"的机制是不一样的。

出血的病人所谓的"**急诊胃镜**[1]"，并不是"立即做胃镜"的意思。或许很多老百姓的理解认为"急诊就是马上看"的意思，其实在世界上很多国家的急诊并非就是马上看，而且有严格的急诊适应证。我们国家的急诊真的是十分优越的，有时候病人只是为了怕门诊等太久而挂一个急诊的号，这样做是很不

 张教授说

1 **急诊胃镜：**当我们作为家属看到病人吐血了，通常的本能反应是赶紧找到出血的位置，马上止血，而"胃出血"就本能想着马上胃镜止血，这是很正常的想法。包括医生在内也是这样的想法，但是，我们忽略了一点的就是胃里有食物，都知道做胃镜难受，会恶心呕吐，呕吐物来不及从嘴巴里吐出，就很有可能进入气管，导致窒息，这是十分严重的后果。可能有人会问："那麻醉一下，病人不恶心了不就好了么？"其实，这样更糟！因为人清醒尚还能知道咳嗽，而麻醉了人都不知道咳嗽了，且麻醉的情况下人还是会本能恶心的，特别在麻醉程度不深的情况下，此时进入气管，后果不堪设想！因此，我们通常说的"急诊胃镜"并非是"立即胃镜"的意思，急诊胃镜一般在 24～48 小时进行！一般先用药物控制，大部分上消化道出血药物和内镜早期治疗效果是相当的，而且早期药物治疗一方面看病情发展，另一方面让胃内的食物进入肠道，如果一直呕血不止危及生命了，那也只能"立即胃镜"了，而所带来的风险很大！况且，如果胃里都是食物，出血部位也很难找到的。因此，我想说的是：是否立即胃镜是看病人病情，权衡利弊决定，而不是病人家属心急决定的！

应该的。急诊要有严格适应证，这样才可以保障真正需要急诊的病人得到救治，不能盲目地只是为了"满足病人"。而什么时候是必须冒着风险做胃镜呢？就是大出血难以药物控制的时候。因此可以看出，需要的是"利弊权衡"执行医疗操作的，并不是所谓的"家属等不及"而去操作的。

针对于贲门黏膜撕裂的疾病，胃镜一般在 48 小时内进行。再晚也不理想，因为超过这个时间可能伤口会自然愈合，找不到出血点。

魏轩晚上一直打呼噜，而何金苫则一直陪在身边，生怕她呕吐物引起窒息，也怕她出血不止。早上八点，李奕名主任来看魏轩。两个人都已经醒了，一看主任来了，两个人揉着眼睛都起来了。

"主任，真不好意思。"魏轩说道。

李奕名一看小姑娘恢复得不错，就放心了，对魏轩说："别吃东西，我一会儿给你做胃镜。"

对于一般病人，听到做胃镜都很害怕，但科主任说了要做，而且作为学生，魏轩只是点头表示谢谢主任。

待科里交班、查房结束已经是九点半了，魏轩被带到李主任的 VIP 操作间，准备做胃镜。

操作护士是李奕名很喜欢的沈梦梦，沈梦梦是李主任的同乡，长相甜美，身材高挑，当年一个专科毕业的沈梦梦是李主任花了很大精力才弄到医院的，都说沈梦梦和主任"有一腿"，而真实事情怎么样，谁也不愿意说破，毕竟沈梦梦才24岁，而李主任已经50岁了。虽说看上去像个花瓶，但梦梦的技术还是很好的，这也有赖于李主任给了很多的操作机会，手把手教出来的。

"来，躺好。"沈梦梦交代着做胃镜的体位和注意事项。

"梦梦，给她打个针吧。"李主任说道。

对于主任的指示，沈梦梦从来不问为什么的，只管执行就是了。

李主任的手法是很熟练的，毕竟几十万次的胃镜操作了。果然，在贲门附近看到一条深深的口子，出血是没有了。而在这个时候，魏轩难忍恶心，连着几下剧烈干呕，伤口又出血了。李主任沉稳地说道："来，钛夹！"

"啪啪"两个钛夹夹住，胃里马上不出血了，然后再把胃里的血水吸干。看到魏轩还是会忍不住干呕，怕再出血，李主任吩咐："麻醉师，给点麻药！"

因为先前已经打好针了，所以给麻药是分分钟的事情，5毫升丙泊酚下去，魏轩马上睡着了。沈梦梦马上娴熟地给她吸氧、做心电监护。

李主任想再仔细检查一下，毕竟魏轩是自己科室的学生，家长都寄予厚望的。

　　然而，都不需要仔细看，在**胃角**[1]的地方，就可以看到一个巨大的溃疡。很明显，这像是个"胃癌"。李主任按经验取了4块组织做活检，并告知需要"**病理加快**[2]"。

　　这魏轩醒来，该怎么跟她说呢？虽然魏轩本人不知道，但何金苴、张子城他们都是在现场观摩的，能不知道么？就算是不懂技术，看李主任这样的操作，也大概能都知道这个并不是一个"好病"，而魏轩今年才25岁啊！

　　其实，何金苴是有点喜欢魏轩的，看到这个画面，不禁有些伤感。

　　对于久经沙场的李奕名来说，这并不是什么难事，他在专业领域，向来是严肃认真的，他说道："谁也别说，等明天病理结果出来再说。"

　　大家也都心领神会地点点头。

　　丙泊酚是一种常用的麻醉剂，麻醉程度也不深，苏醒

 张教授说

1 **胃角**：是指胃镜下比较能清晰看到的一个胃内的位置，可以理解为胃转角的地方，这个地方是胃癌的好发区域。

2 **病理加快**：是对于一些高度怀疑肿瘤的组织，活检下来后，马上送病理科，进行技术处理，快速出病理报告，一般在隔天会出结果，由于技术手段及人工成本，一般需要加收一些费用，在我看来，一定程度上也是一种经济限制。

快，因此常用于无痛胃肠镜的麻醉。麻醉师给魏轩使用的也是这种麻醉剂，她在胃镜结束后不久便醒了过来。

"金苢，你在呀，我胃镜怎么样呀？"魏轩懵懵懂懂地问道。

何金苢欲言又止，堆满笑脸地说道："哦，还好的，贲门撕裂，李主任已经给你上了夹子，现在血止了，放心吧。"

"哦，那就放心了。谢谢各位，谢谢李主任。"魏轩的感恩之心，让在场的各位都心中更加难过。

何金苢说道："嗯，那你好好休息吧，我也想回宿舍睡会儿了。"

"嗯，对对对，你昨晚陪了我一个晚上，谢谢你呀。真是不好意思，快去休息吧，我没事的，没事的。"魏轩感谢道，然后欲起床感谢，被大家按在床上，表示要少活动，都怕她再出血呀。

何金苢回头深深地看了魏轩一眼，此时，感觉魏轩真的很瘦弱，很可怜。

这个晚上，好多人都睡不着，总想着，这么拼干嘛，像魏轩这样得个肿瘤，那么年轻，拿到博士学位又怎么样，临床上很大建树又怎么样？张子城睡不着，在宿舍打游戏打发时间；何金苢是实在是太困了，可是梦中看到魏轩躺在病床上的样子，一下子又惊醒了，想着庆幸的是，天亮还能再看看她。

转天，好多人来看魏轩，搞得魏轩心里也是七上八下

的，这是干嘛呀，那么多人，搞得跟自己快死似的。或许是魏轩人品太好了吧，事情传开了，科室里的好多人，都陆续来看看她。大家也怕魏轩看出来，就默许地分批来看。言语间，魏轩似乎感到一丝不安，而脸上却还是装作毫不知情的样子，因为她也怕大家看出来自己懂了什么，而让大家担心，所以尽量当做什么也不知道的样子。而大家说的更多的也是"千万别吃东西""好好休息""很快康复"之类的话。

到了下午，病理科已经被申屠雄催了很多次，虽然大家都知道，不是催就能出结果的，必须要经过一个技术处理过程。魏轩的老板申屠雄教授在招她进来的时候就喜欢魏轩这孩子，一个瘦弱的女孩子能一步步考上来，已经很不容易，而这样就更加觉得不舍。申屠教授一眼就看出，这个大溃疡很可能是恶性肿瘤，但是，他还是希望有万分之一的概率不是，仅仅是个良性溃疡，哪怕是个淋巴瘤也好，至少预后会好很多。

病理检查结果出来了——胃角**未分化癌**[1]！

 张教授说

1 **未分化癌**：分化，我们可以简单理解为组织生长。正常组织都会经历有序生长，有序退化，这是正常分化的组织。癌变组织就是没有正常分化的组织，根据分化程度，分为高分化、中分化、低分化、以及未分化，分化程度越高，越接近正常组织，预后越好，那么未分化，显然的最不好的。

何金苔看到这个结果，呆呆地愣在那里，一动不动，似乎有点儿无法接受这个现实，脑海中闪现出和魏轩一起吃饭、聊天、逛街、打游戏，一个个画面，不禁让小何眼眶湿润，刚刚考上研究生，就……

回到现实中，问题来了，如何告诉魏轩呢？毕竟她是个医学生呀，瞒得了多久呢？

李奕名主任叫申屠教授通知魏轩家人来一趟，如实告知病情，然后，再转达给魏轩，事情就这么告知了。

对，就这么告知了。

因为，在李奕名的概念中，生病不可怕，缺乏信任，才危险。这时候，不需要"善意的谎言"，需要的是真诚，彼此托付，尽力而为，或许这样更能让患者获益，何况魏轩还是个医学生。

得知这个消息之后，魏轩意志消沉，半夜里躲在被子里哭，魏轩的母亲天天陪在她身边，生怕孩子想不开做傻事。

李奕名表面上严谨、一丝不苟、做事干练，从某种角度上，被何金苔定义为"冷漠"。而李奕名知道，他能做的就是尽力帮她。其实李奕名一直在为魏轩联系专家，最终，首都某大医院的一位胃肠外科主任愿意为魏轩做手术。

连日来在大家的精心照顾下，魏轩慢慢也平复了心情。就像她说的，平时在工作时，告知患者"你的疾病，考虑是恶性

肿瘤"，感觉没有什么压力，而真正落到自己身上，还是有些难以接受，但是，也只能接受。

    三天后，魏轩转院；之后，魏轩办理了休学；据说手术很顺利，术后还做了化疗……以上种种信息，都来自于何金苷的诉说。

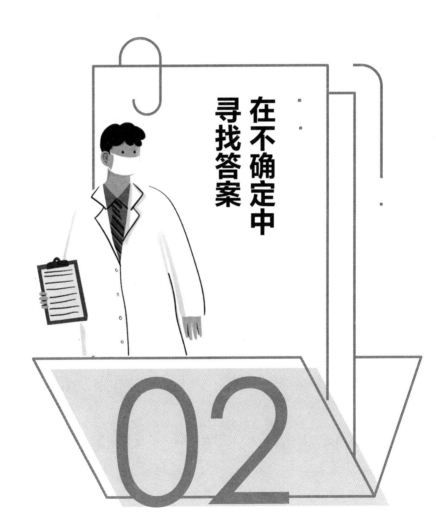

在不确定中
寻找答案

02

致命的"山药"

魏轩离开的日子，何金苣和张子城还是一个天天刻苦学习，一个天天游戏人生。虽说两个是好兄弟，但其实两个人并不住在一起，何金苣住在宿舍里，张子城虽然宿舍有安排，但是推掉了，在外面租个房子，好像是有女朋友了，相信是方便"学习"吧。何金苣还是充满着学生气，天天学生装扮，球鞋衬衫白大褂；而张子城则是一身潮牌，上班的时候，换一身白大衣掩盖了不少时尚，不过他的耳钉亮亮晶晶，每个路过的人都能注意到。但奇怪的是，何金苣的理论成绩和操作水平并没有张子城好，有些方面还不如他。

连日来，何金苣一直在为一个病人的诊断犯愁，到底是怎么回事呢？

事情是这样的，一个老年女性病人，反复腹胀，在当地医院做了 B 超，提示大量**腹水** [1]，就来到了这家医院。老人家叫赵兴花，61 岁，农民，一家人都很淳朴，看病没有医保。

今天是梁楠主任医师查房，何金苜作为梁主任的研究生，自然是很想知道老师是怎么诊断这个病人的。

"大妈，你是怎么不舒服呀？"梁楠主任医师问道。

"肚皮胀，吃饱了更胀。"老人家今天说话都有点气急了。

梁楠主任掀开被子，看到患者的肚子跟"青蛙肚"似的，随后搓了搓手，把手放在肚子上，敲了下，"咚咚咚"的，又反复得看了肚子上的"纹路"，看到几根静脉，还按了几下，反复倒腾了几下，然后接着问："什么时候开始肚皮胀的呀？"

"几个月了。"

"几个月呢？"

 张教授说

1 腹水：人体的肚子里有肠子、肝、脾、胰腺、胃等脏器，这些脏器的外表正常情况是有少量"水"的，主要是用来润滑，减少脏器之间的摩擦，这些"水"是一个动态平衡关系，新陈代谢更替的，如果某一个平衡被打破，那么可能这些"水"会很大量的长出来，就形成了"大量腹水"，一般通过 B 超就能很清晰的诊断以及判断腹水量。医生在治疗腹水的时候，关键的难点，在于找到形成腹水的原因。

赵兴花和旁边的老伴合计了下，说道："3 个月。"

"你最近有吃什么特别的东西么？比如吃药啦，补品啦。"梁楠问道。

"没有呀！"赵兴花很肯定的回答道，"我身体可好了，以前上山都不喘粗气的。"

而这么肯定的回答，在何金苣的思路中，彻底就排除了**药物性肝损伤** [1]。

"你平时就没个腰酸腿痛的？"梁楠主任这样的提问方式，有点让作为学生的何金苣一头雾水。

旁边赵兴花的老伴说道："梁主任，你玩笑了，我们天天上山干农活，能不累么？"

 张教授说

1 **药物性肝损伤：**很多药物通过肠道吸收而进入肝脏代谢，因此，都或多或少对肝脏有损伤，而我们的肝脏十分强大，一般的药物是不会引起严重不良后果的，肝脏会自我代偿。而如果药物的剂量过大、毒性过强、成分特殊等因素会造成肝脏的损伤，亦或者肝脏本身状态不好，可能正常剂量的药物，也会导致肝脏损伤。用药请参见产品说明书，或遵医嘱。在这里想告诫大家的是，不是称为"补品"就一定是对身体好的，哪怕是标榜写着是"保健品""健康食品"，摄入不当同样会导致严重的后果，因此不要盲目去花这种冤枉钱，现在打着各种噱头的东西太多了，要注意识别。

"嗯，你们怎么治疗呢？"

"这有啥好治疗的，过几天就好了，乡下人，不讲究这个。"赵兴花说道。

"哦，也对，山里有什么草药，可以治疗腰腿酸痛吗？"梁楠主任继续旁敲侧击地帮着回忆。

这点赵兴花的老伴有发言权，因为他是当地小有名气的草药师傅，人称"王药师"，但凡人家听说的，想要的草药，"王药师"都懂，而且都能去山里采来，但是，自己老伴从来不给吃。他知道，他不是大夫，不能随便给自己亲人吃，会出事的。

王药师说道："三七！三七，一般我们山里都用这个治疗腰腿酸痛，效果还不错！她，我是没给吃过，关键也不知道怎么吃。"

赵兴花是知道老伴的用意的，所以对于自己腿痛，从来不求他。

经过这样的询问，还是没有问到赵兴花吃中药的信息。梁楠也觉得应该不是药物性肝损伤了。

"那，我们就各种可能性都查查吧，你们也别心急，肯定能查出来的。"梁楠主任全面了解情况后，向赵兴花交代道。

赵兴花和老伴都表示，到大医院来，我们放心。

接着，就是一系列的护肝治疗和各种检查，但检查结果却都是阴性，均不支持常见疾病的诊断。

再"查漏补缺"的检查，还是阴性。

再科室会诊，再全院会诊，还是查不到原因。

一来一回，两个星期过去了，赵兴花人越来越瘦，但肚子越来越大。大家也越来越着急，排除了肿瘤，排除了结核感染，排除了免疫系统疾病，排除了药物导致，排除了血管因素，到底是什么罕见病呢？

还有一方面，就是赵兴花全家的钱，都快被用光了。

可是，病人家属每次看到梁楠主任都没有半句怨言，正因为这种"信任"让梁楠感到有种"自责感"。

直到做了一个腹部增强 CT，而这次的 CT 明显感觉和之前的不同。整个放射科一起研究 CT 片，感觉像**肝小静脉栓塞综合征**[1]。

"不对呀，她没吃过中药呀！有一次就说吃了山药，不是山里挖的药材，就是我们常吃的山药，还说她是磨成粉吃的。"何金苫回忆道。

"磨成粉？为什么？吃蔬菜干嘛要磨成粉，这是什么新奇

 张教授说

1 **肝小静脉栓塞综合征（HVOD）**：常常是因为药物，而导致肝脏中的小静脉出现病变，从而导致肝衰竭，出现腹水，最终导致死亡，该病严重的情况下只能肝移植治疗。

吃法？！"梁楠主任和放射科马国信主任一起，再去问病史。

"你真的没吃过药吗？"梁楠主任有点急了，语气其实并不好。

突如其来的询问，让赵兴花有点被吓到了，战战兢兢地回答道："没有呀。"

"你吃山药？"梁楠主任追问道。

"对呀，山药，你们也吃的那种。"

"那为什么要磨成粉吃？"梁楠越来越着急。

"哦，你说这个呀，我们老家有个偏方，说加点药材对腰痛好。以前我都山上弄点草药吃，后来听说，草药对身体不好，女儿都跟我说过了。后来村里来了个小伙子，说他的药好，不用一天吃很多次，只要每天吃点'健康山药'就好了。我看过了，就山药磨成的粉。我吃过，味道还好，腰痛也好多了。我们老了不懂科学，你们年轻人肯定懂的，肯定这人也不错，年轻人为我们老年人身体着想。现在我每个月都吃，身体也有力气多了，就是肚子越来越大了，才来看的。后来查了说是什么腹水就住院了，其实我感觉我人还是好的。"

马国信主任拉了下激动的梁楠主任，问道："你现在身边有这种山药吗？"

赵兴花老伴从柜子里翻出来像奶粉罐似的一罐，上面写着"健康山药""中老年配方""健康某某"等字样，马国信主任

拿过来反复想看看配方，就是找不到，马主任便问道："这个有外包装吗？"

"没有的，就这样一罐罐的！"赵兴花说道。

马国信主任拿着罐子和梁楠主任说："梁主任，你看，'三无产品'！连个成分表都没有。"

"嗯，很有可能是'**三七粉**[1]'。"梁楠主任咬着后槽牙说道。

赵兴花有点疑惑："三七粉？三七不是好东西么？我们村里的人都吃的。"

梁楠主任说道："三七粉是好东西，没错，如果是正规医院开的，自然是好的。现在市面上把中药加入保健品日常食用的现象很普遍，主要问题是具体成分不清楚，随意搭配，超剂量服用，吃出问题很多，你就说说，你是怎么吃这个的吧？"

👤 **张教授说** ─────────────────────────────

1 **三七粉**：是植物三七的根茎制品，是用三七主根打成的粉，别名田七粉，金不换。一直以来，三七都是一味中药材。三七的功用，原来可用"止血、散瘀、定痛"六个字来概括，所以，历来都是以三七作为伤科金疮药，很少作为补品食用。由于现在媒体"发达"，有些夸大宣传，让我们很多市民认为三七是补药，腰酸腿疼就吃，吃多少看勺子大小，甚至被当做延年益寿的良药，逢年过节当礼品送，因此，忽略了其对肝脏的毒性，大量长期服食会导致肝小静脉闭塞，严重者需要肝移植。

"那小伙子说，如果腰痛厉害，就吃 2 勺；平时保健，就一天 1 勺。"

"多大勺？"

"这个没有规定，我想想么，就家里的汤勺咯！"

"那你怎么吃的？"

"我还好的，我们村里很多人都乱吃的，每天都 3 勺，我还好，就是这段时间农活多么，我担心腰痛加重，就每天 2 勺，平时还是一天 1 勺。"

马国信主任说道："你看看，虽然我不是做临床的，但这服药连个剂量都没规定的，这算不算扯淡呀！"

"这简直就是'草菅人命'。"梁楠主任有些激动，然后对着赵兴花说道，"你这次呀！要做肝脏穿刺明确诊断。"

听到"穿刺"，听着就疼，赵兴花有点害怕了，"医生，能不能不穿呀！疼不疼的呀！"

梁楠心想，命都可能要没了，还管疼不疼，出于职业道德，梁楠只是微笑的说道："别担心，打麻药的，蚊子叮一样。"

旁边的老伴，连连点头致谢，梁楠主任和马国信主任转身走了，走着走着，梁楠主任回头说了句："把子女叫过来，我想跟他们谈谈。"

赵兴花的孩子是搞计算机编程的，家里只有这一个儿子，全家省吃俭用供儿子上了大学，现在儿子工作稳定了，谈

了个女朋友，是个护士，计划过了年就结婚。说到儿子，赵兴花总是两眼放光，就跟没病似的。

第二天，赵兴花的儿子好不容易请了个假，来找梁楠主任。

"您好，请问梁楠主任在吗？我是 20 床赵兴花的儿子，听说梁主任找我。"

何金苣回头，看到一个穿着朴素、干干净净的年轻人站在办公室门口。

"哦，你是赵兴花的儿子呀，来，进来吧，稍微等下吧，梁主任在做 ERCP，坐下吧。"

赵兴花儿子王依城礼貌地坐在何金苣旁边，何金苣向梁楠做了报告。

10 分钟后，梁楠主任穿着铅衣回到办公室，小何看到就介绍这是赵兴花的儿子。

"哦，你就是赵兴花的儿子呀。来坐下来，把你叫过来，是想跟你说说你母亲的病情！"梁楠主任坐在电脑前，打开影像软件，电脑里慢慢显示出赵兴花的腹部 CT 图像。

虽然王依城不是学医的，但是梁主任耐心讲解。梁楠主任指着显示器："你看哦，这是肝脏，这是胃，你妈妈的肝脏，已经明显看上去有异常了，这个肝脏的形态，密度明显改变了，所以我们这次考虑你妈妈很可能是患了一种叫'肝小静脉闭塞综合征'的疾病，这种疾病诊断极为困难，因此，在前期我们也走了很多弯路。"

"什么？什么征？"

"肝小静脉闭塞综合征。"

王依城心里有些着急，毕竟是自己母亲得病，但又觉得对待自己母亲的主治医师必须要控制情绪，便压低声音说道："哦，梁主任，我虽然不清楚你们的诊断和治疗，但是我个人是十分信任你们医院的。说实话，我们来之前，我就咨询了周围好多朋友，也通过网络知道您是国内权威的专家，感谢你们一直细心诊治，我母亲辛苦一辈子了，很想让她接下来享享福，因此，真的不希望我妈妈生病。不知道，这次得的疾病严重吗？"

听到王依城彬彬有礼的询问，梁楠感觉到了一种惋惜，甚至带着一丝愧疚，梁楠看着王依城的眼睛说道："严重！"

"有多严重？"王依城带着惊恐的眼神问道。

梁楠实在不愿意说，但是，也不得不诚恳地回答："很严重，有可能要肝移植。"

听到"肝移植"三个字，小王对肝移植没什么概念，只是听说很贵，就觉得是不是听错了，再次核实道："需要肝移植了吗？"

"我只能说很有可能，到了晚期的话，就需要这样做。目

前我们还需要进一步评估，我们接下来，要给病人做**肝穿**[1]，来确诊这个疾病。"梁楠解释道。

"肝脏穿刺吗？有风险吗？"

"有，可能会有出血的风险，我们肝脏是产生凝血因子的，现在病人肝脏功能太差了，凝血功能大不如前，只能说，有出血风险，利弊权衡，还是建议去做的。"梁楠继续解释。

"好！那就穿刺吧！"小王不假思索地回答，但又似乎有点后悔，最终还是坚定自己一下，说道："好，梁主任，麻烦你们费心了，接下来还有什么要做的，请您务必跟我沟通，谢谢。"

 张教授说

1 **肝穿**：即**肝脏穿刺**。一般用来诊断和治疗。诊断主要用于组织的穿刺活检，也就是大家说的"做个切片"，严格的讲，就是取活体组织做病理分析，用来疾病定性诊断；治疗主要是引流脓肿，以及在肝脏穿刺基础上做肿瘤治疗等。肯定有人要问了，有副作用吗？张教授反问，吃饭有没有副作用？吃饭也有可能窒息，有肥胖等风险，那为什么还要吃呢？因为吃饭的好处比坏处多，因此在合适的时间，我们是需要吃饭的。虽然听起来有点较真，而医学很多情况下是利弊权衡做出的决定，没有一个检查是绝对安全的，比如肝穿，会引起出血、感染，甚至麻醉药过敏导致死亡，但是我们为什么还要做呢？一方面是对疾病诊断、治疗需要，另一方面是副作用相对较少，权衡利弊而定。

要是赵兴花一家人都很刁蛮，梁楠主任的不安兴许还会少些，而赵兴花质朴，老王老实，小王聪慧，让梁楠主任更加觉得惋惜，苦了一辈子原本可以享儿孙福了，碰到这么个事情。

穿刺过后的几天里，小王一直陪在妈妈身边，像是个孩子回到了妈妈的怀抱，不管小王在外面是经理，是老总，亦或是高官，在妈妈身边，他就是个孩子。小王这些天脱掉了西装、皮鞋，穿个运动装，每天给妈妈打饭擦身，跟妈妈说说家常，具体说了什么，大家都听不懂，反正就看到母子很亲，虽然赵兴花这几天的情况已经远比刚来的时候差了，但是言谈举止中，满满地都是疼惜着儿子，就好像儿子才 5 岁似的，整个病房里都洋溢着温暖。

数天后，结果出来了，并不是 HVOD。整个结果让大家都惊愕不已，最先看到报告的是何金苴，小何第一时间有点不知所措，因为根据他的经验是：梁主任说什么就是什么，化验只用来印证一下罢了。这个不是"打脸"么，该怎么跟梁主任说，该怎么和家属解释。不过回想下，给家属解释这个工作肯定不是自己去说了。

查房的时间终于到了，小何惶惶不可终日地过了一天，梁楠主任笑呵呵地从门诊回来，问道："20 床的病理出来了吗？是什么？"

小何支支吾吾说不出话了，愣愣地看着梁楠。

梁楠觉得惊讶："怎么了？小何。"

小何小声地说道，"不是。"声音轻的似乎就怕别人听到。

"不是？不是什么？"梁楠更加惊讶了。

"不是 HVOD。"

"哦，不是呀，我看看。"梁楠主任打开检查记录，仔细看了一下描述。回过头来，说了一句："哦，原来如此。"

何金苴不知道梁主任这句话是什么意思，反正跟着梁主任查房就是了。

不多会儿，就查到了 20 床，赵兴花一家人都在，因为今天是"宣判"的日子，家里人也特别的多，听着赵兴花对梁楠主任团队赞赏有加，家人格外地毕恭毕敬，看到梁楠一群人来了，大家都满怀期待地看着她，梁楠微笑着走在最前面，跟在最后的何金苴却低着头。

赵兴花冲着梁楠主任微笑地问道："梁主任，啥结果呀？"脸上带着一丝恐惧。

周围家属附和道："是呀，是什么，是什么。"

"病理结果不是这个病。"梁楠诚恳地说道。

这句话似乎给赵兴花打开一扇天窗，七大姑八大姨也都纷纷说道："瞧，姐，我就说嘛，你命没那么不好。""这种保健品我们村好多人吃的，都没事，你也不会有事的。""福大命大，依城妈的好福气还多着呢"。

王依城似乎从梁楠的脸上看到了不确定，问道："梁主任，真的不是吗？"

梁楠看到大家高兴劲儿过去差不多了，说道："但是，我觉得还是这个病。"

"还是这个病？！"家人的眼神中充满了疑惑、质疑，甚至是愤怒。

梁楠主任认真且诚恳地说道："对，我觉得还是这个病，虽然病理没有取到，不代表不是这个病。"

老王着急地问道："那怎么办？"

"再取一次[1]！"

赵兴花的二姐马上就不高兴了："还取一次，你上次说穿刺能明确，我们花了 5 000 块钱，都自费的，还冒那么大的风险，现在穿刺说不是，还是考虑这个病，还要穿刺，又是 5 000 块，

👨‍⚕️ **张教授说**

1 再取一次（穿刺阴性）：诊断和治疗的过程不会完全按照"剧本要求"进行，医学的基本规则是：穿刺阳性，可明确诊断，比如穿刺发现癌细胞，就可诊断为癌症；但是穿刺阴性，有可能不是癌，也有可能没有穿刺到疾病部位，特别是一些穿刺阴性率高的疾病，医生在选择诊断方式的时候就要权衡利弊了，如果穿刺诊断是优选方法时，在穿刺前会告知失败的可能性；如果穿刺阴性，可根据病情选择是否再次穿刺，毕竟穿刺是需要一定费用的。

又是自费，你真的当我们傻子呀！你们医院有那么骗钱的嘛？！"

"骗钱"这两个字，让梁楠很是恼火，因为根本不存在的事情，梁楠主任完全可以根据病理结果判断不是这个病，而选择对应治疗，但是，赵兴花也就意味着不能确诊而慢慢"等死"了，梁楠看着一家人很善良，想给赵兴花一次机会，哪怕是背着自己被骂的后果。但是，"骗钱"这种字眼是医生最不愿意听到的，自然有点恼火了。

"那行，你们自己决定吧。"梁楠微笑地说道，而这一微笑似乎是带着失望的冷冰冰。

梁楠背后，是家属的闲言碎语，以及小王表情凝重的思索。

第二天一大早，梁楠飘着卡其色的风衣，一如既往地提前半小时到了办公室。远远就看到，一个小伙子站在门口。

定睛一看，这不是小王嘛。

"梁主任，我特地在这里等您。"小王看到梁楠来了，忙着上前说道。

"哦，小王呀，嗯，你怎么在这里呢？来，进我办公室，坐下说。"梁楠招呼着，把小王带进了办公室。

梁楠一边收拾办公室一边换白大衣，问道："小王，你找我有什么事吗？"

"梁主任，我妈妈怎么办呀？"王依城嘴角哆嗦地问道，似乎都有哭腔。

梁楠立刻停止动作，转身看到小王眼含泪水地望着她："小王，你怎么啦？别这样，我会想办法的，别急别急，来来，快坐下来。"

王依城说："梁主任，我这几天天天在医院陪着我妈，看着她一天天地虚弱下去，肚子也越来越大，这几天呼吸都困难了，我真不知道该怎么办，我就这一个妈！"说着说着，小王眼泪夺眶而出，而并没有哭声，或许只是作为男人最后的一点尊严吧。

"这样吧，小王，我们还是把注意力集中在疾病上吧，我们还是再做一次穿刺吧。我陪着过去，你看可以吗？"梁楠的真诚给了小王信心。

"行，我同意，梁主任，我相信你！"

梁主任安排了超声介入科的科主任方强教授亲自穿刺，方强主任上午在下乡指导工作，下午要出国，梁楠的忙，方强教授还是愿意帮的，特地专车回到医院。留给方强主任的手术时间只有 40 分钟。而这些，赵兴花一家是不知道的，赵兴花的二姐更是不知道的，小王都不知道，只知道穿刺手术安排在中午。

超声介入科是医院的重点专科，方强教授也是国内数一数二的权威，这次能请到方强教授，也是梁楠教授的私人面子。方强教授先是再次做超声评估，找了最有可能穿刺阳性的地方进针，做了多次穿刺吸引后，取了标本送去病理检查。整

个过程用了 30 分钟，加上方强主任换手术服的时间，正好 40 分钟。两位主任连多说一句谢谢的时间都没有，病情交流和术后感谢都在微信中进行，为了病人，两位专家是没有寒暄的，手术室里静得可怕。

数天后，穿刺结果出来了，仍然是穿刺阴性。

两次穿刺阴性的结果，大家渐渐地开始更愿意相信病理阴性了，但是梁楠主任仍然坚持自己的判断。为此，梁楠亲自到病理科，找病理科主任看穿刺标本。

病理科主任姓项，项主任看到梁楠主任亲自来看片子，自然这个病人不一般啦，因此又重新拿片子进行读片，经验丰富的项主任一眼就认为这个病理诊断有疑问。

"梁主任，这个病人，你们临床考虑是什么疾病？"项主任问道。

"HVOD，从病史特点和实验室检查，均支持这个疾病，上次穿刺了，只是肝脏慢性炎症。这次是请了方强教授亲自穿刺的，老方当时超声看了下，也考虑是 HVOD。而你这里病理报告还是慢性炎症，所以上来麻烦您老看看了。"梁主任仔细说道。

项主任点点头，然后在显微镜上看了起来，反复看了多个视角，终于在一张玻片的一个角落看到一点十分典型的 HVOD 病理表现，诊断明确，就是 HVOD。项主任指着显微镜连着的电脑显示器，说道，"这个病人根据病史特点确实像，但是穿刺材料看，真的不像。要是不看到这点组织形态，我也不敢下这个诊断。这个人的病变长得确实比较不一般，换句话说，这个病人或许还是早期，具体怎么治疗，就靠你们强大的消化科啦。"

梁楠主任满面春风地回到病房，就像个孩子得到了老师的表扬，因为这是她的坚持才有的明确诊断。

但是，对于赵兴花算不上是一个好消息，因为 HVOD 几乎无药可救。

梁楠主任回来之后，就开了可能有效的药物，但是效果是不确切的。接着让何金苩把赵兴花的儿子叫来。

小王看到梁楠主任微笑的样子，也跟着高兴，但是他却不知道为了什么。

小王步伐也轻盈了不少，坐在梁楠旁边说道："梁主任，您找我？！"

"嗯，小王，诊断明确，就是 HVOD。跟我们之前判断的一样，就是这个病！"

小王看着梁楠主任的表情，开心地说道："那太好了，诊断明确就好了，接下来是不是就快好了。"

当小王问道这个，才让梁楠从诊断明确的"喜悦"中回到现实，定神思考，又若有所思。

小王追问道："梁主任，怎么了，有什么问题吗？"

梁楠整理思绪跟小王说道:"那么现在诊断明确了,就是这个病,接下来的事情就是治疗了。我现在已经给了一些药物,但是实话实说,这个病,几乎无药可治,晚期可能需要肝移植。"

小王愣住了,虽然他早就知道这个疾病是无药可治的,可是现实之下,难免还是让他有点难以接受:"梁主任,你无论如何想想办法,我就这一个妈。"

梁主任根据最新的文献报道,跟小王说道:"小王,我只能这样跟你说,现在有一种药叫'来纤苷',出产国是瑞士,我们国家是没有的,也没有被批准使用,自然我们医院是肯定没有的,哪怕你有,我也不能给你使用,但是,我能告诉你的,就只有这么一个信息。"

王依城知道,梁主任能跟他说这样的信息,是真心实意想帮病人的,但是也知道这是十分困难的,小王握着梁楠的手说道:"谢谢梁主任,我知道你用心良苦,我也知道这是不合法的操作,但是,能否告诉我购买途径,我想去试试。"

梁楠实在是没有理由拒绝,给了一个电话,不过还是告诉他:"如果你能买到,我们医院是肯定不能使用的,你自己想办法吧,还有个办法,就是肝移植了。"

小王冲着梁楠点点头,表达谢意之后,离开了办公室。

几天后,赵兴花出院了,王依城带着父亲,推了个轮椅,轮椅上已经不是赵兴花，因为这个时候的赵兴花已经坐不住了，精神萎靡地躺在担架上。王依城的身边还有一个女孩子，高高瘦瘦的，据说是他的女朋友，也有人说是王依城故意带来看看妈妈的女同事，让妈妈开心一下的。

不幸的是，几个月后，梁楠主任收到一条短讯，赵兴花去世了。

大便"乌漆嘛黑"怎么办

何金苜是个懂事老实的研究生，张子城可就没那么听话了，经常上班迟到，提前下班，大家都觉得子城是个不听话的学生。而事情就是那么蹊跷，在最新一期的《中华消化内镜杂志》上，张子城发表了一篇关于ERCP治疗的研究论文。这个事情，让整个消化科为之振奋。这本杂志的含金量有多高，简单地说，就是消化内镜领域国内非常高层次的学术期刊之一，发表的都是做过很多研究、有一定临床价值的论文。因此，能在这个杂志上面发表论文，那都是"专家"呀。一个纪律那么差的学生，怎么能发表文章呢。这不禁让人背后说，肯定不是张子城自己写的论文，众说纷纭。

直到有一天，何金苜晚上回医院拿材料，看到有个人在办公室里一个一个地录入数据，仔细一看，是张子城。而子城还没看到小何，聊了一会儿才知道，子城表面上是看上去吊儿郎当，真正是个很用功的人，大学里就拿过学科竞赛一等奖，而这些他都没跟别人提过。

何金苫问道："大家质疑你，你怎么不解释下呢？"

张子城反而觉得奇怪："质疑？有人质疑过我？我都没注意。"

这样的回答，让小何更加佩服子城的心胸，在这件事情之后，小何跟着子城学习的热情也越来越高了。

一个人的成功与否和自身努力是直接相关的，没有天才，也没有所谓的"缺乏机遇"，缺的不是放下电脑游戏的决心，缺是的放下电脑游戏的行动，一天到晚说要努力学习的人，还不如一声不吭学习半小时的人。半年来，小何成熟了很多，也知道了子城不单单是智商高，而且真的是很努力的一个人。

这天是 5 月 20 号，梁楠主任值夜班，孙斌博士也当班，何金苫跟着梁楠主任上班。

急诊室来了一个情绪激动的病人，说"想吃饭"，说自己已经一个多星期没吃饭了，让孙斌博士去会诊。孙斌和小何来到急诊室，只看到一个中年女性，情绪较为激动，从县医院转上来的，说消化道出血了，原因查不出来，在县医院大吵大闹，实在是吃不消，只能转来这里了。据说送过来还用是的救护车，而且救护车费都是拒付的。

孙斌是特种兵出身，军医大学博士毕业，身高一米八五，体重 90 多公斤，用魁梧来形容再贴切不过了。孙斌的性格跟他的身材似的，率真，别跟他玩虚的，可能他一嗓子就能镇住你。

"别吵了！"孙斌冲着这"疯女人"吼道，"你当这里菜市场呀！"

原本嘈杂的急诊室，被孙斌这么两嗓子震惊了，瞬间变得鸦雀无声。好多人都看着他，而孙斌却不以为然。看病本来就该有条不紊，冷静诊断，这么吵吵闹闹有什么用。

急诊室的肖力医生也一下子有点愣住了，第一次看到这么"霸气"的会诊医生，一下子都不知道怎么交班了，支支吾吾地说道："这个人是当地医院诊断不明的消化道出血。"

"他们的诊断依据是什么？"孙斌问道。

"哦，当地医院查 OB[1] +++，现在都好的。"

"那出血量不少啦，病人情况怎么样？"

肖力说道："这个病人当时的化验单，家属说找不到了，但是根据家属描述，当时病人精神面貌都很好。所以我也觉得有

 张教授说

1 OB（大便隐血）：正常生理状态下，人体消化道不会出血，粪便中无红细胞或血红蛋白，当上消化道（食管、胃及部分十二指肠）出血时，大便隐血试验呈阳性反应，而这个理论上只要有 5 毫升的血，就可以阳性，如果量大可以看到大便变黑，自然隐血试验会出现强阳性，但是具体出血的位置和出血量，需要内镜检查判断。需要注意的是，当我们食用一些动物血制品，同样会出现大便隐血的阳性结果，因此我们要求患者在检查前一天，不吃吃血制品，以免误诊。

点奇怪，因为刚来不久，具体我们还没问仔细，请你看看吧。"

肖力把病人交接给孙斌了，自己去忙了。急诊室的工作向来跟打仗似的。

孙斌走到病人面前，打量起来。一个中年女性，大概 50 来岁，蓬头垢面的，精神萎靡，时而兴奋得叫几声，念道着："我想吃东西！"

孙斌问道："你叫什么名字呀？"

"医生，我实在是饿死了，能不能让我吃点东西呀？"女人说道。

旁边一个男人忙拉住女人："哎呀，你别问了，医生说了不让吃，快回答医生的话。"

很明显，女人是不愿意配合的，歪着头说道："张依云。"

知道的人知道这是在问病情，不知道的还以为在审问犯人呢。

孙斌接着问道："怎么回事啦？干嘛来医院啦！"

张依云跟打开了话匣子似的："哎呀，我也不知道呀，就说我大便黑，有血，就一直不让我吃东西，能不能让我吃点儿再问呀？！"

孙斌说："你好好回答我的问题，我觉得可以吃东西，自然就会让你吃的呀，好好说话。"

这句话让张依云瞬间点燃了希望："嗯，好的，好的，你

问吧，我都'交代'。"

这个"交代"一说，把严肃的孙斌给逗乐了。

"他们怎么就不让你吃东西啦，你为什么大便出血啦？"孙斌问道。

"我也不知道呀，那天不是'母亲节'嘛，我女儿给我庆祝的，我们去外面吃的饭，吃完没多久，我就拉肚子了，一晚上拉了5次，都没力气了，我想着去医院输点液吧，医生说先化验大便，我就化验啦，然后说我是胃肠道出血啦什么的，就不让我回去了，也不让我吃东西，说会加重的，然后医生说病房里没有床位，我就一直住在急诊室里观察，这一来一回，就七八天没吃了，你看，我都饿扁了。"张依云摸着肚子，绘声绘色地表达着自己的委屈。

"哦，那后来大便化验了吗？"

"后来，第二天又化验了一次，说还有血，要查原因。"

"胃镜做了吗？"

"没有，我们那边要住院才可以做胃镜，可是住院处没有床位。我越来越没有力气了，现在走路都要人扶了，不得已了，我跟他们吵了一架，就让救护车送来你们这里了。"

孙斌接着问道："你女儿吃了没事吧？"

"没事呀，好好的，就我拉肚子了。"张依云回答道。

"你们吃了什么？"

"川菜，叫什么巴国什么的，哎呀，我脑子饿晕了，记性差了很多。"张依云抱怨道。

"你们点了什么菜，还记得吗？回想下。"

"哦，那我还能记得呀，就知道特别辣，特别烫。具体吃的啥，我哪还记得。"

旁边的老公说道："哎呀，你想想呀，医生问你话呢。"

张依云冲着老公说道："不记得就是不记得，那么久了，我哪还记得。"

孙斌想着，又辣又烫的川菜，问道："有毛血旺吗？"

"哦，对对对，有的，川菜馆么，这个肯定有的呀。"

孙斌紧接着问道："你吃了吗？"

"吃了呀，那家店好像特色就是这个。"张依云回忆道。

"里面是不是有鸭血之类的，你吃了吗？"孙斌问道。

张依云很肯定地回答道："有呀，我最爱吃的就是这个呀。你说的也对，可能就是他们家的鸭血不新鲜，所以才拉肚子的，以前吃都没事的。"

旁边的何金苜也都知道问题在哪里了——血制品导致的大便隐血阳性。

这个时候，张依云的化验单结果出来，都正常的，大便隐血也没有的。孙斌和何金苜相互传看了一下，张依云的老公焦急地问道："医生，我老婆要紧吗？"

孙斌玩笑地说了一句："给他点个外卖，毛血旺吃吃就没事了。"

何金苣忍俊不禁，而张依云和她老公却不知道医生干嘛笑，一脸发蒙地看着他们。

张依云试探性地问道："我！能！吃！东！西！啦？！"

"能吃，想吃什么吃什么！"孙斌说道。

听到这句话，张依云的老公突然眼泪都出来了，拉着孙斌的手说道："医生，我求求你，一定要救救我老婆呀，她快退休享福了呀！"

这么一来，让孙斌蒙了："你这是怎么回事呀？你这是……"何金苣也过来拉他。

张依云的老公抹了抹眼泪，说道："啊？这不是快不行了才这么说的么，电视里都这样放。"

"哎呀，哪儿呀！我是说，现在她没事，可以吃东西！哎呀，你这老头子，那么疼老婆的。"孙斌说道。

听到可以吃了，张依云一下子乐开了花，一边说着谢谢，一边从行李箱里拿出期待已久的火腿肠，好像包装都没剥似地往嘴里塞进去两根，真是迅雷不及掩耳之势呀。紧接着又使唤丈夫去冲泡面："赶紧呀，那个红烧牛肉面，赶紧给我泡上，2包，2包！快！"

丈夫还是不放心，再问孙斌："医生，这真的能吃吗？"

"能吃啊，我找不到她不能吃的依据呀，那就可以吃呀。吃！"孙斌坚定地回答道。

这下张依云是开心了，反正孙斌说什么就是什么，把孙斌当成神一样膜拜，孙斌也是顺杆子就爬，接着问道："以前有过大便出血么？"

"没有呀，没有，我都没进过医院，以前最多就是吃点感冒药，这次要不是女儿坚持要我去医院，也就没这出了。这是把我饿坏了，我几次都冒虚汗了，刚才的火腿肠是真香呀，这辈子都没吃过这么好吃的东西。"张依云满足地说道。

旁边床病危的老头子，听这话都"咯咯"地笑出了声。

孙斌回头看了眼何金苣，问道："金苣，你觉得这是什么原因呀？"

何金苣只是微微一笑，并没有说话，孙斌也微微一笑。

然后就跟张依云说："你还是要住院观察，好好检查下。"

"又住院？我都怕了，医生我都检查过了的。"张依云拒绝道。

孙斌假装怒道："那你来我们这里干嘛，你们那边看看么好了。"

"不不不，医生你说怎么办就怎么办。"张依云老公端着泡面过来忙说道。

孙斌开了住院单，回病房等着收病人了。回来路上，孙斌对着何金苢说道："金苢，你觉得这个病人的老公怎么样？"

对于一个"书呆子"研究生来说，这种事情哪懂呀，你让这种宅男说这个女人好不好看，性不性感或许还能回答几句，这种人情世故，哪能说得来呀，何金苢支支吾吾说不出话来，最后憋出几个字："还行吧。"

孙斌说道："你不要觉得这样的男人懦弱，其实男人对家人可以软一些，对外的强势才是一个男人应该有的品质。有些男人在外跟鹌鹑似的，在家就耀武扬威，冲着老婆孩子发火，就不是个男人。"

不知道孙斌是从哪里来的有感而发，不过何金苢觉得当过兵的人就是不一样，真有男人气概。看着自己"瘦骨嶙峋"的身板，也真的觉得要去健身了。

病人收住安排在 10 床，何金苢去问诊做病历记录。何金苢照例还是问了很多细节问题，包括现在大便什么颜色呀？大便黑了几天呀？是否和月经有关呀？大便有多少量呀？当时化验单等一系列问题。张依云这个时候也吃过东西了，慢慢精神也有了，开始"理智"起来了，医生问得多，是对自己负责的态度，就一五一十有什么说什么了。

张依云最后问道："医生，我到底是什么病呀？"

何金苢不敢说，一是怕说错，二是怕得罪人，为什么这么说呢？因为张依云很有可能什么病都没有，只是动物血制品吃了导致的化验异常，如果真的是这样，那就太小看县医院急诊室的水平了，这样的细节都没有问出来，而且关键是都一周了还没问出来，弄不好病人可能就去县医院闹事了，就显得"不厚道"了。所以只能淡淡的说一句："很难说，要好好查。"

张依云反正完成了"吃"的梦想，可以暂时不用那么辛苦了，因此医生说什么也无所谓啦，反正舒服就行了，几天几夜没好好休息了，等何金苗做完记录去确认签字的时候，张依云早就呼呼大睡了，那个呼噜是真的响。嗯，签字也不着急，就让她好好睡一觉吧。

第二天查房，只见一个女人在擦病房的窗户，上蹿下跳的，梁楠主任看到这个，吓了一跳："哎，这是谁呀？多危险呀，下来下来，新招的工人么，那么认真。"转身准备问问护士长，何金苗一手拦下梁楠主任，"梁主任，她是我们的病人，昨晚孙斌收的病人，消化道出血。"

"消化道出血？这个病人怎么消化道出血呀。看着状态比我都好呀。"梁楠主任说道，然后对着张依云问道："你怎么不好啦？"

张依云一看这阵势，一定是领导来了，毕恭毕敬地坐在病床上回答道："昨天也有好几个医生问了这个问题，我是这样的，'母亲节'女儿请我吃了一次川菜，然后……"

　　梁楠主任是很细心的，其他医生都快听不下去了，说得太仔细了，不过梁楠主任都愿意耐心听病人说完，一方面是可以很详细地了解病人的病情、心情以及患者最关注的点，另一方面可以排解患者心中的不舒服，梁楠做了那么多年医生，谁都觉得她是个好医生，或许口碑就是从这一点一滴积累起来的。

　　听完之后，梁楠问自己学生何金苜："小何，你考虑是什么原因，依据是什么？"

　　何金苜知道，梁楠老师向来不喜欢靠猜的，诊断要有理有据："梁老师，根据患者当时的血红蛋白情况，以及发病特点，首先考虑是食物导致的黑便，同时结合这个病人的年龄，还需要进一步检查。"

　　"好，进一步检查有哪些？"

　　"这个病人，首先要做的是胃肠镜，必要时可以做**胶囊内镜**[1]。当然其他的相关血液检查以及影像学检查也是需要的。"何金苔教科书般的回答，让梁楠有一丝欣慰，不过她总觉得何金苔有点"嫩"的，在为人处世方面毕竟不能和社会上有沉浮的人比较，毕竟他还是个学生啊。

　　张依云看着人家有板有眼地说着，反正也听不懂，问道："主任，我能出院了吗？"

　　这个问题，梁楠自然是知道怎么回答，不过，她故意不说，转头问何金苔："小何，病人问你呢？她现在能出院吗？"

 张教授说

1 胶囊内镜：顾名思义是一颗"胶囊"来检查我们的胃肠道。或许很多人会有误区，胃镜、肠镜都做了，为什么还会找不到出血点呢，那是因为胃镜是检查食管、胃及部分十二指肠，而肠镜是检查结肠（大肠）以及部分回肠（小肠的一部分），那么我们的大部分小肠是检查不到的，小肠有 4～6 米长，一般可以通过影像学做检查，如小肠 CT 等，也可以通过胶囊内镜直视看，也就是在做完肠道准备后，吞服一颗装有"摄像头"的胶囊，依靠肠道的自然动力逐渐下行，直到肛门排出，对小肠疾病的诊断具有独到的优势，也适用于无法耐受胃肠镜检查的病人，因为痛苦相对较小。但是，不得不指出的是，它也有缺点，最大的缺点是无法活检和治疗，有种"只能看不能摸"的难受，还有个缺点就是贵，现阶段通常是需要自费的，费用需 4 000 人民币左右。

很显然，这个肯定不是医学问题啦，但是何金苴哪知道这个呀，只是说："哦，这个不行，都还没明确出血原因呢，不能出院。"

梁楠对病人说道："嗯，你看，不能出院的，何医生都认为你不可以，我也觉得不合适。"

张依云说道："行，何医生很负责的，昨天问了我很久。"

突如其来的"表扬"，加上梁楠一个肯定的眼神打在何金苴脸上，瞬间让他羞红了脸，同时也增加了他的自信心。

"小何，这个病人你负责到底吧。有什么困难，跟孙斌说。"梁楠把病人交接给了他。

转天，孙斌给张依云做了胃肠镜，何金苴也去看了，确实什么也没发现，只是胃有点萎缩表现，肠道有点炎症罢了，结果也印证了最初的判断。张依云坚决拒绝做胶囊内镜，因为打听了下，做这检查太贵了。没办法也只能让病人出院了，倒是也没有强调是哪个医院误诊之类的，张依云只是嘴巴上说了几句，也就没有什么事情，准备出院了。

今天是张依云出院的日子，由于县医院弄了很久没法诊断，而到这里几天就解决问题出院了，关键是刚来就能吃饭了，因此特别感谢梁楠医疗团队，还特地送了锦旗过来，上面写着"华佗再世 再生父母"之类的话，还特地写上了"何金苴"三个字，这是小何人生第一次收到锦旗，特别地感动，哪怕只是有份儿被提到。张依云给病房的人一一感谢之后，回病房打包收拾好了行李。

孙斌在办公室故意说得很大声："'何主任'，你要请客啦。"

弄得何金苔羞红了脸。

突然张依云的老公着急地跑进办公室，看到就近的何金苔，拉住他说："哎呀，我老婆晕倒了！快！快！"说完就拉着他跑出了办公室。

何金苔一冲到病房，看到张依云趴在病床上，一动不动。何金苔一个健步上前拍打了张依云的肩膀，一套标准的心肺复苏流程正要进行，只见张依云晃晃悠悠地翻过身来。

"你怎么啦？"何金苔问道。梁楠和孙斌随即也到了病房。

"我也不清楚，头晕，想吐。"说完张依云反复地干呕，并没有吐出什么东西来。

梁楠上前打量，只见她脸色苍白，还出汗，两条腿似乎没有任何力气地颤抖着。孙斌也看在眼里，说道："来，护士，测血糖。"

护士就在旁边，马上测了血糖："8.1，孙医生。"护士回答道。

梁楠心想："血糖也正常，突然这个样子，如果不是神经系统问题，就还是我们消化科的问题，说不定问题没那么简单。"

　　紧接着，梁楠下了医嘱："取消出院，测血红蛋白，联系急诊头颅 CT，急诊床边心电图。"

　　张依云是没有什么想法的，因为也根本没有力气去想很多，而张依云的丈夫是不开心的："怎么现在医院都那么不靠谱了，县医院住了那么多天急诊室，连个床位都没有，医院有那么忙吗？哪里来那么多病人？为什么不协调床位呢？难道一定要有熟人才办事么？这大医院也不靠谱，上午说出院的，下午就又不出院。"虽然心里是这么想的，可是又想想，还是要跟医院打交道，所以就只能妥协，听由他们安排吧。嘴巴上还是很客气地说："要麻烦你们啦。"

　　张依云被安排抽了血，床边心电图也做了，心电图没什么大的异常，只是有点"心律不齐"。接着护工连床带人推去影像科做检查，何金苜一路陪同。

　　何金苜进影像诊断室与影像科的医生一同先看一下 CT 检查片子，说："没啥大问题。"

　　等到何金苜再次回到病房，张依云的血化验报告也出来了。血红蛋白 90g/L！贫血了，这不对呀？何金苜马上向梁楠主任做了汇报。

　　梁楠主任赶过来了，看到张依云的脸色更难看了，更苍白了，对何金苜说："小何，联系输血科输血。"虽然目前张依云的血红蛋白并没有到达急诊输血的指征——低于 70g/L，但是梁楠知道，这个**血红蛋白是假的**[1]。输血科听说是梁楠主任的医嘱，马上批准给血。

其实这个时候，何金苜大概知道了，张依云应该是小肠出血了，而难就难在具体部位了，因为这个直接关系到治疗方案。

张依云做过胃肠镜检查，吃泻药都很顺利，因此可以直接做胶囊内镜的。至于费用问题，让张依云有点点儿介怀，但是能有什么办法，病总得治呀，都说看病贵，现在一次胶囊内镜是四五千块钱，去年去三亚旅游都花了 10 000 块。道理都懂，就是觉得钱花在看病上没有花在旅游上"舒服"，总有一种看病花钱应该让别人买单的"天真"。可是呢，细想"生命无价"，有些钱是用来花的，而有些钱要用来救命。

张依云陷入无限地纠结中，不管纠结不纠结，通知是下来了，明天做"胶囊内镜"检查。

👨‍⚕️ **张教授说**

1 **血红蛋白是假的**：难道机器坏了么？化验出来的指标还有假的一说？其实这个"假的"的意思是，不是真实的，因为人体刚刚急性出血的时候，血液是浓缩状态的，或者说，血液还没有代偿到正常的液体量，接下来会被稀释到很低的状态，因此有些专家会经验性先输血，当然，是否需要提前输血，输多少，要根据医生的判断，还是那句话，"到了医院，把身体交给医生处理"，病人只要"告诉哪里不舒服"就行了。

晚上张依云还和丈夫说钱的事情，丈夫很坚定地打消了张依云的顾虑："能花钱看好病，就是对的。"这句话的意思是说，很多人花钱都治不好了。

张依云想想也对。

张依云这个案例李奕名主任知道了，看着是梁楠主任在处理，李主任也放心了，没过多地干预。他想，除非是梁楠自己找上来说需要帮忙，到那时再处理也可以。

胶囊内镜的结果出来了，小肠多处溃疡出血，有一个部位出血比较严重，考虑可能是 Meckel's 憩室[1]出血。原来患者经过反复治疗，出血只是暂时止住了，而且有前期血制品饮食的病史，因此就理所当然地"排除了"其他原因出血。其实是两个情况可以同时存在，不过回想起来还好，幸好患者不是在家里晕倒的，从某种角度讲，这次出血还救了她。后来张依云做

 张教授说

1 Meckel's 憩室：是先天性发育异常导致的，发生在小肠，多数患者没有症状，后因反复大便隐血或者大便鲜血就诊，且往往难以诊断，需要借助"非常规"的检查手段。通常无症状不处理，如发现出血不止，通常建议外科手术治疗。

了**小肠镜**[1]，明确了胶囊内镜的诊断，也做了小肠镜内镜下的止血治疗，而最终，由于 Meckel's 憩室反复出血，还是去外科开了刀。

同样的，张依云一家又给外科主刀团队送了感谢的锦旗。

出院的当天，张依云一定坚持要回到消化科看看梁楠主任，看看何金苗。但张依云的丈夫其实是不愿意的，甚至他想着去投诉之类的。而这一切的一切，张依云心里明镜似的，她让丈夫陪着去看看梁楠，其实是让丈夫"勉强笑笑"，也就没有那么大的怨气了，那事情也就算过去了。

张依云明白，医学不是买卖，不是"成功了"就感谢，"不成功"就投诉。

🩺 **张教授说**

1 **小肠镜：**确实有小肠镜，但是很多医院不开展这项内镜，因为确实太费精力了。我们人体的小肠有 4～6 米长，而小肠镜一般的长度在 2 米，因此是远远不能完成整个小肠检查的。这里想问问，小肠镜是从口腔进，还是从肛门进的呀？或许很多人会蒙圈，正确答案是，两个地方都可以进，主要看病变在靠近口腔还是肛门，或许有人这个时候会有种不适感，进了肛门的镜子怎么可以再进口腔呢，当然都是要经过严格消毒的呀。哈！一般是先从口腔进，做到不能再进的地方做标记，然后再从肛门进，看到标记就认为检查完整个消化道，小肠镜的优点是可以直接取活检及治疗，这是对比胶囊内镜的明显优势，但确实费时费力，这也是消化内镜需要不断探索改进的方面。

"我跟你们主任，约好了！"

一大早，何金苣收到一条短信——"魏轩走了！面带微笑。"是魏轩的母亲发来的。

何金苣看到这条短信，眼泪不停地流着，渐渐地眼前已经模糊一片，手机屏幕也湿哒哒的。而何金苣不敢表现得太明显，因为出于他私心考虑，也不想让别的女孩子看到他和魏轩那么深的感情，人怎么就这么没了呢？而年轻人的这种想法，我们又怎么能说得清呢？

其实自从确诊了胃癌后，魏轩情绪就很低落，父母亲更是天天以泪洗面，但是又不敢表现得太明显，生怕她看出来。因为他们知道，魏轩最担心的还是他们。三个人每次吃饭聊天，总是都相互假装着很坚强，其实内心跟撕裂一样痛。魏轩在李奕名的介绍下去了那家医院，开了刀，应该说手术还是很顺利的，也接受了术后化疗。原本娇小的魏轩变得更加瘦弱了，体重更是只有30公斤都不到，可是看到大家，她还是微笑着，微笑着。

　　好几次，魏轩想回到学校继续读研，都被父母亲拒绝了，说再观察观察。这样的家庭是最难劝的，因为父母亲没有生病的女儿更懂病情。魏轩每次想说些什么，但每次都是欲言又止。她妈妈经常和何金苷聊聊天，魏轩不是本市户口，有的人"卖了房子治病"，而魏轩老家的房子是农村宅基地，卖不得，卖了宅基地，老人真就无家可归了。老两口原本省吃俭用，终于盼到女儿快能自立了，没想到，实在是没想到。何金苷从魏轩一次次发来的短信中，得知了这些信息。要说魏轩为什么病后就不跟何金苷密切联系了，其实魏轩是有点看出来何金苷对她的想法，怕连累他，才狠狠心压抑着内心的想法，因为魏轩知道自己的肿瘤并不是早期，而且病理检查结果也并不好，复发率很高。她觉得最对不起的就是自己父母了，辛苦了一辈子，却最后得到的是这样一个"不争气"的女儿，因此，当她提出想再去学校被拒绝后，就再也没提过了，默默地陪在爸妈身边，哪怕是给爸妈多洗一次碗。

　　何金苷今天很烦，看到谁都没什么笑脸。而往常的小何可不是这样，见谁都毕恭毕敬，因为小何的妈妈跟他说："你能考上大学，是祖上的积德；学费我们会去凑的。"可是今天，小何像是吃了火药似的，见谁都不顺眼，而最大的容忍是不说话。

　　这会儿何金苷正在办公室写材料，就听到身后有个女人说

话声很大，觉得很没教养，传入耳的尽是什么"我跟你们主任认识的""你们怎么也不来给我看看"之类的话。原来那天很多规培医生要轮转出科了，下个月就不在消化科了，此时科室正好比较空，因此大家彼此说说话，聊聊天。而这个女人觉得自己"不受待见"了，就发飙了。其实这个女人对面坐着一个医生，而且也正在问她情况，这个医生就是张子城。子城说道："我不是在问你嘛，你管人家干什么？"他也是一脸无奈，勉为其难地微笑应付着，因为这女人毕竟是李主任认识的。

被这个女人这么一闹，大家也就没心思聊天了，心里琢磨李主任认识的人也真是"什么鸟都有呀"。

何金苣起身去打印机上拿打印稿，由于是针式打印机，速度比较慢，他就耐心地在打印机边等。旁边护士跟他打招呼，他也全然不理会，就当是没听到，免得控制不住自己的情绪，带来不必要的麻烦。

突然身后有人推了他一把："走开，别挡着！"

小何一下子火就上来了，这谁呀？脑海里一时检索不到这女声属于哪位同事，再说同事也不会这么没有礼貌。一回头，正是那个喋喋不休的女人呀。

"你干嘛呀？！"何金苣高声怒吼道。

"我看病呀，你挡着我干嘛？"女人一脸愤怒和蔑视。

"你看病就看病呀，推我干嘛？"何金苣从些许茫然变得越发愤怒。

旁边一个老护士何蓉马上过来拉开两个人："好了好了，你们干嘛呀，就这么点事情。"

"对呀，何蓉，我都不知道什么事情呀？这个人要干嘛！"何金苜说道。

"我拿化验单呀，你挡着我干嘛呀！"嘴里还低声流出"小医生"三个字。

何蓉拉着何金苜小声说道："算了算了，老李认识的，别理她，这个人有'病'的。"

何金苜心里念着"不可理喻"，慢慢地走开。

这一切，护士长梅琴都看在眼里，护士长是个看不惯"权贵"的主儿，她自己父亲也是政府官员，各种官员见得多了。她一眼就看出来，这人绝对不是什么大官，甚至是哪里搭点关系还叫嚣的，拿起患者的化验单说："何蓉，这个人谁开的住院单，我倒是要看看是哪里的'茅山道长'。"

"孙斌！"何蓉答道。

护士长拿起电话就打给孙斌："小孙，这个叫杨梅依的，是你开住院的吗？"

"是的，护士长。"电话那头躲闪地传来孙斌的声音，因为他已经听出来护士长不开心了。

"只是做个胃肠镜检查，你为什么开到重症病房里，你不

知道我们的通知吗？"护士长把怒气有点发给孙斌了。

孙斌忙着回答道："护士长，您别生气，我知道规定的，这个人自己一直叫着说和李奕名主任认识的，说只要开个住院证就行，还说明天就检查。"

"什么叫明天就检查，李奕名的胃肠镜排班也不是明天呀，凭什么明天就检查。李奕名是脑子有问题么？"说完就挂了电话。敢这样说李主任的人，也只有梅琴了，毕竟梅琴比李奕名年资还要高，最重要的是梅琴看这女人不爽。

大家看到梅琴脾气上来了，都不敢吭声，只听到打印机"啧啧啧"地响着。

到了下午，李奕名正在 ERCP 室做手术，突然看到梅琴来了。

"梅姨，你怎么来了？"李主任打趣道。然而梅琴并没有笑出声，要是换做平时李奕名这样的语调，梅琴肯定会"咯咯咯"地笑着。

梅琴脸上堆着微笑，说道："奕名，你以后认识的病人，真的是要说一声。你今天介绍的这个人，也太嚣张了，跟大爷似的，见谁就骂谁。我们护士虽然没有你们医生学历高，但是我们护士是可以随便骂的吗？！"

梅琴要是这样的语气"贬低自己"，一般是很生气了。

但是，李奕名一脸茫然："今天？今天没有我认识的人来呀？我没记性了，护士长不好意思呀，都是我不对，我下次一定注意。"

"你没有吗？叫什么依的？"

"杨梅依！"何金苴补充道。

"杨梅依是谁？我没听过呀？"李奕名这个时候也有点儿怒了。

护士长又说道："进我们护士站就开始叫嚣，说跟你认识的，要住院，一问三不知，都说我们不知道的，不让问，就说跟你认识的。我梅琴见过的人多了，从没见过这样嚣张的。我看也不像个有多大背景的，后来还跟小何骂了起来，你也知道小何什么脾气，跟他都能吵起来。"

"还有这种事情！"李奕名看着何金苴，小何腼腆的点点头，哪怕自己再有情绪，在科主任面前还是必须时刻保持冷静的。

"谁竟敢打着我的名头，骂我的人！把这人给我叫过来！"李奕名看了一眼何金苴，又想想不对，朝着刚走过来的子城说道："给我把那个新收的，说认识我的人叫过来。"

大家都等着看"好戏"了，感觉有种要"包公开铡"的味道。

杨梅依被"带到"了。

"哦，你就是李奕名主任呀！"这句话一出，大家都明白了一切，这人根本就谁是李奕名都不知道，还装着很熟的样

子。李主任看了一眼没有说话。

这女人指着何金苔说道："李主任，就是这个人，可凶了，什么态度，一个小医生，就这样的服务态度。"

李奕名还是没有说话。

气氛变得有些尴尬，杨梅依看着李奕名，李主任还是没有说话。梅琴看李奕名没有说话，知道这是为什么，故意也不说话。

杨梅依变得有点自己难堪了，朝着李奕名说："李主任，我是王波的老婆，蒋书记跟你打过电话的吧。"

"蒋明吗？"护士长说道。

杨梅依心中一丝窃喜，报出蒋明书记的名号，你们终于知道"怕了"。

护士长紧接着问道："奕名，王波是谁？"

李奕名没有答话，只是对着杨梅依冷冷地说道："你办出院手续吧，产生的费用，我来承担！"

杨梅依有些尴尬，但也不敢在李奕名这里叫嚣，尴尬地说道："李主任，这……"

李奕名说道："我最近太忙，没时间做胃肠镜，以后再约，你办出院吧。"

原本以为的一场"世纪之战"，难道就这样结束了？何金苔和张子城还真的有点失望。

　　杨梅依并没有办出院，而是出去很生气地跟王波打电话："你不是说你很有能耐吗？什么都是一句话吗？现在这边让我办出院，不给我做，你说怎么办吧？这里的人，都可神气了！根本就不把蒋书记放在眼里，还说蒋书记算什么东西之类的。"

　　声音太大，隔壁坐着的李奕名和护士长都听得很清楚。

　　"奕名，这个王波是谁？我怎么从来没听过。"护士长问道。

　　"蒋明的司机！"

　　张子城小声问何金昔："蒋明是谁？"

　　护士长听到了，说："某某县委副书记。"接着说道，"我是看着蒋明一步步上来，他什么时候有个这么嚣张跋扈的司机了。晚上回去跟他说说。"

　　过了几天，杨梅依和一个男人拿着水果篮来科里找李奕名，很明显，这个男的应该就是王波。而李奕名不在，杨梅依看到护士长，马上凑上前，满脸笑容地说："护士长，那天可真是不好意思呀，是我没有眼力劲儿，我错了，这点水果分给大家吃吃吧。"旁边的男人也是点头道歉，满脸笑容。梅琴笑着收下水果篮，没说很多话，就表示会给大家的，不用客气之类的。

　　等二人走后不久，工人老王在后楼梯的垃圾桶里看到这个水果篮。

孩子吐奶，大人也"吐奶"怎么办

今天子城的导师文一鸣教授，门诊收入院了一个**"贲门失弛缓症[1]"**的外国人。

这个病人叫 Mandy，来自德国斯图加特，任某跨国企业高管，工作压力比较大。她表示被这个疾病折磨了很多年，一发作起来就吃不下东西，严重的时候喝水都呛，在德国生活的时候反复发作，每次也没有什么好的办法。据她所说，在德国

👨‍⚕️ **张教授说**

1 **贲门失弛缓症：**我们的食管和胃连接的部位叫"贲门"，贲门是很多肌肉组成的，相当于"一扇门"，食物通过的时候门开了，下去之后就马上关门，防止食物反流。如果这扇门"关不紧"了，就会出现反流，这叫胃食管反流病。"失弛缓"的意思就是，失去了松弛功能，也就是"门打不开"了，那么食物就下不去了，这可是很难受的事情，很多人以为是食管癌，来就诊，严重的病人，食物下不去反流进入气管，会导致肺炎，甚至死亡。这种病常发生于 20～45 岁的中青年人，情绪异常的时候症状容易加重。

那边约公立医院看个病要半年时间，私人诊所看病很贵，承受不了，也不知道真假。Mandy 在中国生活很多年了，中文很好，甚至有当地口音了，所以沟通没什么问题，听说这家医院消化科很有名，就来碰碰运气，没想到文一鸣教授那么平易近人，就愿意在这里接受治疗了。张子城英语很好，德语也会几句，没想到，在 Mandy 这里还用不上。

Mandy 是企业高管，可年纪很轻，毕业于美国斯坦福大学，人也长得很美，有一段失败的婚姻，没有孩子。这些都是子城跟她聊出来的，大家都知道，子城和女孩子沟通的能力是十分"了得"的。

文一鸣比较喜欢接收外国病人，一方面沟通基本都没问题，关键是大部分外国病人都比较配合治疗，比较尊重医生、护士，比较友善，这个 Mandy 也是，医生可以放手去做事，不用担心会不会被投诉，会不会不理解，彼此比较信任，这也是一切成功的基础。

Mandy 先是被安排做了一次**食管钡餐造影**[1]，显示很典型的"鸟嘴样"图像；又做了一次胃镜检查，显示食管上段已经很明显扩张，里面有残留食物，局部还可以看到食管黏膜上有真菌感染，伴有恶臭。这也是 Mandy 来看病的主要原因，她觉得症状不能缓解是可以接受的，但口臭已经影响与客户交流了。现在年轻人往往把事业看得比身体更重要。

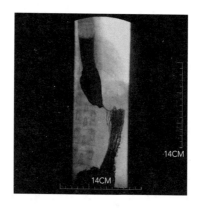

鸟嘴图

👩‍⚕️ **张教授说**

1 **食管钡餐造影：**钡，遇到 X 线不能被穿透，所以人体摄入钡剂会在消化道里显示出来，钡溶于液体中喝下去，充满整个管腔，那就能显示管腔内的轮廓形状，之前没有消化内镜的时候，钡餐造影是很普遍的检查手段，用来发现胃癌、胃溃疡是有价值的；对于贲门失弛缓的病人，就可以看到钡溶液在贲门下不去、食管扩张了，就像个"鸟嘴样"变化。

接下来就是禁食，准备手术了。

今天文一鸣教授查房，文教授问道："Mandy，你这几天感觉怎么样呀？"

"挺好的，症状已经缓解了，现在喝点汤，没有问题。"Mandy 微笑着回答道。

文教授不慌不忙地说："你愿意接受手术治疗吗？"

Mandy 一脸茫然，略带恐惧："我不手术，我在德国，我的家庭医生说手术风险很大，也有医生说没法手术，只能控制症状。"

文教授说："别怕，不是外科手术，不需要开腹，只需要做个比较久的胃镜就可以了，当然也是全身麻醉下做的，这个手术叫'POEM [1]'。你可以上网查一下，稍后我们小何医生会再次跟你解释手术步骤，如果你愿意接受，我们也愿意尽力去完成它。"文教授不想说太多，因为她也知道，对于 Mandy

 张教授说

1 POEM：**经口内镜下食管括约肌切开术**，食管有 3 层组织，通过胃镜在贲门的上方开一个口子，像打一个隧道到贲门括约肌的地方，切开肌肉，这样贲门就松弛了，效果好，损伤小。但是手术难度也大，一般在三甲医院的消化内镜中心才开展，这个手术是 2009 年由日本内镜专家发明的，2010 年中国专家也完成了手术。

这样的人不需要解释太多,她们会自我消化,会自己找资料,遇到问题会主动找医生沟通,彼此没有隔阂。

转天,Mandy 跟张子城说,想找文教授谈一谈。Mandy 等文教授下了手术台,俩人在办公室会面了。

Mandy 问道:"文教授,请问手术风险大吗?大约在多少比例?"

文教授回答道:"我觉得应该这样理解,对于医生来说才有并发症比例的问题。因为对于病人来说,发生了就是100%,不发生就是0%。总体来说,这个手术已经成熟了,我们这里每年做上百例,大部分病人预后都很好。对于疾病,我们只能凡事尽力,不能保证做到 100% 安全。"

Mandy 接着问道:"一般是怎么个手术流程,术后需要注意什么?"

文教授回答道:"首先我们需要做一个不用麻醉的、完全清醒状态下的胃镜检查。"

"不麻醉?why?"Mandy 听到这里突然感觉全身不舒服了,她实在是无法接受不麻醉的胃镜检查,上次胃镜检查差点要死掉,已经检查过了,为什么还要再做一次?

"嗯,不麻醉。因为你的食管里有很多食物残渣,如果全麻手术,在手术期间很可能出现食物残渣进入气道,导致吸入性肺炎,甚至窒息。如果你是清醒的,那么一旦出现误吸,你会本能地咳嗽抵抗，这时候咳嗽是人体的自我保护，会把进入气道的食物尽力排出来，那样是相对安全的。但是如果你是被全身麻醉的，食物进入你的气道你是无法反抗的，甚至连咳嗽都没有，那么是相当危险的。"文一鸣一边画图一边解释道。

Mandy 很不情愿地问道："那这次做胃镜的目的是？"

"再次评估食管是否有食物残留，如果有，需要取干净食管残留的食物，并且尽量清洗干净，减少术后并发症的发生概率。"文一鸣诚恳地解释道。

Mandy 冷静了下，似乎理解、接受了，接着问道："手术一般会有哪些并发症？"

文一鸣看到 Mandy 情绪平复了，喝了口水，拿起笔，在一张白纸上画图并耐心解释道："首先最常见的是出血，这个很好理解，刀切开黏膜，肯定会出血，绝大部分病人都能很好地止血，但是确实有的病人血管有变异，一刀下去就出血不止，甚至手术无法进行，也有极少数是手术后几天之后再出血，我们称为'迟发性出血'，常见于止血夹提前脱落，那怎么办呢？首先我们会先药物控制，大部分病人能控制出血，也有部分病人需要再次内镜止血，概率是有的。其次是穿孔，这个也很好理解，食管比胃还要薄，我们的操作是把这层薄薄的食管分离开，再插入胃镜进行操作，手术难度是比较大的，自然容易穿孔，因为食管的外面就是纵隔，还有心脏、大血管等

重要脏器，也是很危险的。我相信这些都是你能理解的。手术之所以称为手术，是因为不论手术大小，不论是有创还是微创，都是有风险的，但在我们这里还没有发生过。然后是感染，这个也好理解，食管里有食物残存，肯定是有细菌的，我们再小心的操作，都不能保证没有细菌进入损伤后的食管黏膜里，导致化脓感染。另外，我们在食管的下端（贲门环状肌那里）做肌层切开，一般不会发生漏气，但是也不能排除在手术过程中发生了一点儿小破口，把外界的气体通过切口带入胸腔内，导致气胸等并发症。以上的一切，都有可能发生，但是发生概率都比较低。只能说我们会尽量小心去预防，一旦出现并发症，我们会积极应对处理。不存在百分之百保证没有问题。如果有医生保证百分之百没问题的，说不定就是不规范的，我们是客观的，医生不是万能的。"

Mandy 认真听文一鸣教授十分专业的解释，感到十分满意。对于 Mandy 来说，专业才是她所需要的，而不是价格便宜，当然也不能不说钱的事儿，只是更需要专业的医疗待遇，而不是所谓的多么贴心的"温暖服务"。只有医学技术为前提的医疗，才可以谈所谓的"服务"。Mandy 决定去做这个手术，除了信任这里，还有一个原因就是，在中国看病比在国外看病，实在是"太便宜"了。很多病都能进医保，看个专家号，花十几块钱，差不多就 2 欧元，相当于一瓶可口可乐的钱，在欧洲、美洲，这是不可能的事情，而且手术都可以排很快，起初她的理解是中国医生赚钱太拼命了，后来才知道，中国医生的收入远远低于她自己，觉得很不可思议，也一直搞不懂为什么中国医生收入这么低。听张子城说才知道，中国的学生很多都不愿意学医，这在一个德国人看来是不可思议的，因为在德国要是能成为医生，那是十分高尚的。

Mandy 的手术是文一鸣教授操刀的，但 Mandy 还是恐惧极了，因为需要再做一次无麻醉的胃镜。文教授看到了 Mandy 的眼神。

"怎么啦？"文教授问道。

"害怕。嘿嘿。"Mandy 很不好意思地说道。

"哦，做胃镜害怕呀，别担心。"文教授一边说，一边给 Mandy 带上**咬口**[1]，然后捂住 Mandy 的嘴，"来，用鼻子呼吸！"

Mandy 对突如其来的操作有点不适应，一下子感觉无法呼吸了。文一鸣松开手，说道："你什么也别管，就安静地呼

1 **咬口**：是胃镜操作前，用来固定口腔的一次性塑料装置，主要的作用是防止口腔本能的关闭，损伤到患者的牙床，始终保持口腔开启状态，也可以防止内镜被患者咬断。

吸即可，只用鼻子，停止用口腔呼吸。"

Mandy 慢慢地听从了文教授的意思，平静下来，用鼻子呼吸，虽然她不清楚这是什么缘故。

接着文一鸣说道："刚才是用来训练你的胃镜耐受能力的，我在操作的时候，你就不用口腔呼吸，完全用鼻子呼吸，不管口腔里在如何操作，就单纯用鼻呼吸，很快就结束了。"

Mandy 认真地点点头。

操作开始了，胃镜调整好设置后，很快被插入口腔。Mandy 感觉到一阵剧烈的恶心，她不停地干呕。文教授说道："忘记刚才的训练啦，来，我们一起慢慢呼吸，用鼻子呼吸，嘴巴不动，不跟我对抗，想别的事情，眼睛睁开。"

慢慢地，恶心感就不那么强烈了。

Mandy 这几天都没吃东西，食管里的东西不多，文教授只是做了一些吸引和冲洗再吸引，就结束了胃镜操作。

Mandy 一看胃镜拔出来了，取下咬口，问道："啊，结束啦，那么快呀，我都没什么感觉。"

"不难受吧，我就说你可以的，好了，继续躺下，我们手术要开始了。"再把 Mandy **固定在床上** [1]，准备 POEM 手术。

Mandy 被麻醉后，做了气管插管，接上呼吸机，文教授再次调试好内镜设备，调好光，开始操作。

1 个小时过去……

手术结束，Mandy 醒了过来。

很神奇，手术那么快就结束了，Mandy 本以为中国医生手术水平应该不怎么样，因为比较"便宜"，而且手术室里设备看着远远没有德国那边的医院高级，医院里病人也拥挤得要命，没想到 1 个小时就完成了。速度是很快，质量怎样呢？Mandy 虽然心里敲着小鼓，但还是表现得礼貌得体，连连感激致谢。

 张教授说

1 **固定在床上**：无痛内镜操作，都是要把患者用安全带固定在操作床上的，目的是确保患者的安全，并非怕患者"反抗"或者"逃跑"，因为患者在麻醉似醒非醒的时候，很容易不自主地活动而摔下病床，有时候患者体重很大，摔下来医护人员拉都拉不住。所以呀，请保持身材，不给医护人员添麻烦，嘿嘿。

术后 Mandy 被通知**禁食**[1]，这可把她"害苦"了。一个人躺在病床上，口干舌燥，全身没力，按照她的说法是，可以好好减肥了。虽然，张子城通知她可以用少量水湿润嘴唇，但是 Mandy 为了以防万一，还是忍着什么都不碰。

三天后，护士通知可以吃**流质**[2]了。Mandy 都快哭出来，一来是饿了三天，她觉得米汤水是世界上最美味的食物了，二来是她没有感受到丝毫的哽咽感，感觉到食物十分通畅地进到胃里。用她的说法是："胃暖暖的！太舒服了！"

又过了三天，Mandy 可以吃**半流质**[3]了。当她吞下第一口

 张教授说

1 **禁食：**意思是停止从口腔里摄入空气以外的任何东西，包括食物和水，医生在说禁食的时候就是这个意思。千万不要医生嘱咐我"不能吃饭"，那我就吃一碗"面"，而闹出这样的笑话。消化科疾病在治疗的时候，饮食等级是十分重要的，同时提醒下，去消化科看病的时候，尽量空腹去，很多检查是需要空腹完成的。

2 **流质：**是指液体的食物，比如，米汤（粥水）、牛奶、藕粉等，因为这类食物往往很快被吸收，而且不影响手术操作（内镜可以直接吸引除去），因此，开放饮食一般从流质开始。

3 **半流质：**相对固体的食物，比如粥、稀饭、面条、馒头等，这类食物因为会影响手术操作，因此待患者恢复比较好的状态下，才允许患者吃。在住院期间，饮食也就到这个等级，往往是可以正常进食的时候，病人都已经出院回家了。

粥，没有丝毫哽咽感的时候，果断地竖起大拇指："China! good！"

文教授对于这样的肯定是很欣慰的，后来给 Mandy 复查了钡餐造影，确实通畅了。Mandy 恢复得很快，没多久就出院了。

再后来，文教授这里多了好多外国人看病，子城的英文也提高了不少，微信朋友圈里也多了好多漂亮外国女孩子。

医生找工作同样很难

很多人认为医学是很难考的专业，高考分数线很高，学医的过程又很漫长，因此，不少考生望而却步。加上自媒体时代，一些"伤医事件"反复发酵，让原本对学医怀有赤诚之心的考生在填报医学志愿时犹豫不决。

那么既然考的人少了，专业人数少了，医学生就业就容易了吗？其实不然，现在医学专业的毕业生基本都是硕士研究生学历，一般不愿意去社区工作，而三甲医院又需要博士学位。硕士就成了"高不成、低不就"的那拨人，很多硕士只好继续读博士，三十好几了，还在读书，同学的孩子都打酱油了，而自己还在读书。

付出这么多，学医收入很高吗？肯定地说，不是很高，具体差异很大，跟岗位、职称、单位等级等很多方面原因有关，反正平均水平并不高。

客观归客观，现实归现实，能够帮助一些病人减轻病痛，这种满足感是很多职业无法比拟的。

　　三年的硕士研究生学习即将结束，张子城和何金苜马上要毕业了。这几天张子城各种"走动"，找了很多教授，希望医院面试的时候，能给自己"加加分"。何金苜却没有这个脑子，或者说有这个脑子，也"抹不开面子"，天天看书，希望理论考试的时候能拿到高分。

　　何金苜今天回味大学照片的时候，突然看到和魏轩的合影，不禁心中掠过一丝悲凉，一个好好的同学，原本现在应该和大家一起找工作了，现在却生死两相隔，真希望这一切都是梦……

　　招考的日子就快到了，名额出来了，这家医院消化内科医师有1个招聘名额，要求硕士及以上学历，看似要求不高，而这样定的目的是给几位研究生一点儿机会，因为来报名的博士都很多，要不然连报名的资格都没有。

　　子城为了这一天足足准备了三年。这三年来，他对老师千依百顺，对领导毕恭毕敬，而他内心里，却是一个桀骜不驯的家伙。甚至于他为了得到李主任的更多动态信息，和沈梦梦私下关系十分好，甚至到了不可描述的地步。但如果这个让李奕名知道了，或许子城就直接被踢了，因为大家都知道沈梦梦和李奕名是什么关系，只是没明说罢了。

　　沈梦梦其实是喜欢张子城的，可她深知她现在的岗位是怎么来的，必须只能这样偷偷摸摸，内心十分挣扎。

经过和李奕名的私下"沟通",沈梦梦知道了操作考试题目是胃镜操作的基本要领口述和在模拟机器上做一个胃小弯活检。转天张子城就得到了这个珍贵的"情报",但是他还不满足,他原本想要拿到的是笔试题目,沈梦梦实在是拿不到,为此,张子城差点儿和她吵起来。

为了这一个名额,一共有 15 个人来考试,其中有 3 个博士生。竞争确实很激烈,名额很少,这也是医学生的现状。

笔试成绩,何金苴第一名,张子城是第四名。

操作成绩,张子城第二名,何金苴是第三名。

两个人都进了面试环节,还有一个是名牌大学的博士研究生。

在这几天里,何金苴和张子城表面客客气气,可内心彼此都希望对方出点什么状况,哪怕拉个肚子也行。对于竞争那么激烈的招聘,两个人还是心里没底的,相对而言何金苴压力小一些,因为他回老家工作也很好找,都是县级医院,他们那里的医院,本科生都很少,何况硕士;张子城就不同了,因为家里希望他能在这里工作。

面试是在第三天进行的。一大早,何金苴发现自己的自行车车胎没气了,也不知道晚上发生了什么。对于何金苴这样的性格,是不记仇的,要是在平时也不会主动有怀疑的念想,因为他真是内心很纯净的人。但是,今天这样的日子,自行车车胎没气这件事，却让他有点不开心。因为，鉴于昨天张子城特地打电话来问明天怎么去面试，让他本能地认为，这是张子城搞的鬼。为了能及时赶到医院，何金苗还是咬牙打车到的医院。但对他来说打车实在是太贵了，这也增加了他对张子城的"仇恨"。

上午8点半，医院面试开始，今天是全院统一面试，人自然是很多很多，一个个穿得精神抖擞，西装领带的；有些还特地做了头发，焗油的焗油，烫头的烫头。张子城自然也是如此，据说还专门找人设计了发型。何金苗就差远了，不是没钱打扮，是他压根儿就不知道原来面试还要装扮成这样，回忆昨晚张子城和何金苗打电话还特地问了"明天穿什么""怎么去"之类的。现在想想张子城是不是就是探究一下呀，根本没有相互提醒的意思，何金苗越想越不对劲。看着人家都穿着光鲜，再看看自己的T恤牛仔裤以及脚上那双几天没洗的白色运动鞋，瞬间不知道怎么办好，突然看到远远走来几个科室护士，跟他打招呼，灵机一动，回科室穿上那件皱巴巴泛黄的白大褂，上面还有好多墨水印。这样的装扮，在一群黑黑的"职业装"队伍里，也格外醒目。

消化内科的面试考场在二楼，何金苗远远就看到张子城在考场外站着，时而微笑时而点头地准备即将到来的面试。沈梦梦怕被人家说闲话，给张子城喷完头发定型水之后，带着大大

小小的包就走了，当然，她也怕看到李奕名主任。何金苜走过去，又站住了，见到张子城会尴尬，他的内心有点儿痛恨他。张子城还在默默地念着，似乎根本没有看到他。

突然背后有个人拍了一下何金苜的肩膀，何金苜马上回头，一看正是李奕名主任，忙着说道："李主任好，李主任好。"李奕名只是微微点头，并示意，别声张。何金苜点头低语道："好好。"张子城闻声看到李主任，正巧看到这一幕，心中有点不悦，因为他担心何金苜是李奕名"内定的人"，子城面色凝重却又强颜欢笑冲着何金苜打招呼："嗨，阿苜。"

何金苜看这表情，也没领悟出来，还以为是早上那轮胎的事情才这样呢，本想不搭理，可还是礼貌性地回应了下："哦，你来啦。"然后转身上厕所去了。

这么一来，张子城心中越加不安了。

这时候还有一个参加面试的博士生王建走了上来，跟两个人都不熟悉，只是礼貌性地微微点点头。

面试开始了，第一个被叫进去的是张子城，因为前面综合评分是第三名。

主考官有院长、书记、人事科科长、科教科科长、李奕名主任等8个人，如此强大的"阵容"，也体现出消化科在院里的地位。

人事科科长说道："做个自我介绍吧。"

张子城微笑着说道："各位领导、各位专家好，我是2018级某某大学研究生张子城，导师是文一鸣教授，我的籍贯是某某省。"张子城知道领导不爱啰里吧嗦的，就简单地说了这么几句。

领导们边看简历，边听张子城汇报。

眼看说完了，人事科科长笑道："这位同学，不要拘束，就随便说点，比如，有什么兴趣爱好呀，家里有什么人呀，别急，我们等会儿再问你其他的。"

子城看这么个形势，瞬间压力小了不少，越说越放开，说自己老家几口人，有什么特长，还欢迎大家去玩之类的。

院长可是一点都没笑出来，等大家聊了会儿，问了个问题："发了几篇文章啦？"

这个问题让张子城有点尴尬，说只有1篇文章，核心期刊的。大家都知道，这只是为了毕业而写的文章，人人都有的。

院长接着问："科研方向是什么？"

老实说，子城在几年的学习中，没有什么具体科研方向的，只是文一鸣弄什么，他就弄什么。所以，子城就说了文教授的科研方向，说跟着她做做实验，下下临床之类的。

院长看到子城的回答支支吾吾，其实基本也知道是怎么回事了，看了一眼李奕名，就不说话了。

目前国内很多大型综合型医院要打造成"科研型医院"，

就是在传统医疗服务基础上，加强医学研究，推动医学发展，因此需要大量高端人才引进，为此院长面试的时候会问这么个问题，其实个人简历上早就写明了发表了几篇文章了，只是院长更想了解科研潜力，然而很显然张子城的反应是不理想的。

但子城自己是不知道的，觉得大家都聊得很好。

第二个面试的是博士生王建。

王建对这家医院其实并不是很看重，因为有很多医院都想要他。他科研能力很强，也是名牌大学的博士。这次来医院，与其说是医院招人，还不如说是他来考察医院的。不过他表现得却很是低调，有条不紊地回答着各位面试官的提问，甚至很多时候让面试官问不下去。院长对王建印象很好。

最后一个面试的是何金苷。

何金苷的装扮，就让各位专家"眼前一亮"。院长说："做个自我介绍吧。"

"我叫何金苷。"小何畏畏缩缩地说道，脸已通红了。"我是 2018 级某某大学研究生，我导师是梁楠教授，感谢梁楠教授的教导。"

虽然话简单，但是最后一句感恩，让在场的面试官心中一丝温暖。而这句话并不是事先"背下来"的，只是何金苷顺口说的，这让李奕名心里也有一丝暖意。

接下来，院长还是询问的科研能力、业务能力方面的问题，人事科科长就问了一些户口在哪里，以后要不要迁户口等问题，整个过程没有何金苣想的艰难，或者说整个过程何金苣是蒙的。

看着呆呆走出教室的何金苣，张子城心中是开心的，因为他觉得最大的"障碍"就是他了。

招聘结果第二天就会出来，两人晚上都惴惴不安，子城想请何金苣吃饭聊天，也被拒绝了。其实子城是想问问面试的情况，但何金苣还为早上的自行车轮胎事情生气呢，而事实上，这个事情张子城啥也不知道。

第二天，医院内网公布消化内科招的是，王建！

这个结果或许在情理之中，也是情理之外，毕竟张子城和何金苣都是本科室培养出来的研究生，却一个都没招。何金苣回想当年考上医科大学研究生的场景，摆酒庆祝时亲友们都说以后要"飞黄腾达""光宗耀祖"了，而如今，连个工作都找不到，想想自己也没什么"路子"，再想到母亲的期待和父亲从小的教导，他不禁眼眶湿润。

"小何，你怎么了？"梁楠教授在背后说道。

何金苣马上擦了下眼泪，把眼泪憋回去，面带微笑地转过头："哦，我没事，没事。"

梁楠一眼看到电脑上的招工界面，也想到了什么事情，就

小声跟小何说："来，到我办公室来一下。"

在办公室，梁楠给何金苣亲自倒了一杯茶，这是几年来梁楠第一次这样的举动，这让何金苣心里五味杂陈。

梁楠说道："小何，结果招了那位博士吗？"

金苣点点头。

"你下一步有什么打算呢？"

"我也不知道。"何金苣毫无主意，虽说在老家或许可以找到工作，但是因为他在这家医院这么久，机会那么好，甚至看到名额机会的时候，他是抱着很大希望，而如今的结果，让他不知所措，当下的他，连一句"请梁楠主任想想办法"的话，也不知道说了。

梁楠说道："小何，别灰心，我们都知道你是怎么个人，你的能力，我也是肯定的，相信你肯定会有很好的前途的。"

何金苣只是点点头。

梁楠接着说道："我跟你说下，我当时跟你这个年纪的时候，是怎么回事吧，我记得那是 1995 年，当时我们医院只要本科毕业生，就可以留下来工作，我当时是最被看好的一个，因为我在大学有一个学科竞赛第一名的名次，那时候没有什么科研论文要求，主要是看大学成绩。"

"嗯嗯。"何金苣认真听着。

"然而，结果没有留下我，好像是有一个人是哪里什么关系，具体情况也不清楚，就招了他，当然他现在也离职了。"

"啊？那您现在怎么又在了呢？"何金苣两眼好奇地看着梁楠。

"对呀，当时我不得不去镇里医院工作。那段时间可痛苦了，因为我父母给我买的房子就在医院隔壁，就我现在住的那里，马路对面嘛。"

"嗯，现在那里可值钱了。"

"对呀，那时候还不值钱，才1 000多块一平米，然后人家都是去城市里上班，我是上班往乡下走，下班往城里回。"

何金苣笑道："那不是很惨，呵呵。"

"对呀，就这样过了很多年，我后来继续读书，硕士研究生毕业，然后刚好医院里有名额，我再回来的。"

何金苣说道："哦，原来那么折腾。"

梁楠聚精会神地说道："哪里，这才是刚刚开始呢。后来，我结婚了嘛，先生在外地的，我就跟他到那个城市一起工作，再后来我不是又一个人了嘛，就想回来了，可是已经回不到这家医院了，这家医院人才引进必须要博士学位了，我就在那边一边工作一边读博士，还要面对我前夫。"

何金苣忙说道："对不起梁老师，对不起，让您不开心了。"

"没事了，都那么多年，我早就看淡了。还好后来李奕名

主任帮忙，我在读博士期间就以人才引进的方式招到科里，要不然说不定我现在可能还在外面漂呢。"

"哦，原来那么复杂。"何金苴感慨道。

"嗯，是的。"梁楠语重心长地说道，"是的，小何，你不要受一点挫折就感觉无法振作，人生还长着呢，确实，有些人，一辈子一帆风顺，有的是挫折不断。我相信这都是老天有意安排的，关键看你怎么对待，不是哪种方式就一定是好的。所以呢，你要好好整理思路，考虑下一步该怎么走。我现在也想想，如果一直一帆风顺，我也不会去考硕士、博士，可能也就科里混混，等着退休。当然话说回来，也不能说这样就是不好的，只能说这不是我想要的。人生最美好的是你所在的状态就是你想要的状态，而不是相反状态。那就很累了，也会不开心。我们要努力并适应不断变化的状态，体验人生不同的阶段，这才是人生的意义。哦，天呐，我今天竟然说出那么有哲理的话。哈哈！"

何金苴也笑了。

再来看看，张子城在干嘛。

子城看到这个结果，自然也是不开心的，晚上和沈梦梦一起在酒吧喝酒。

酒吧里灯光昏暗，声音嘈杂。两个人主要靠眼神交流，子城心里想的是如何找工作，而梦梦想的更多的是可能子城不能在这里工作，要和她分开了，虽然子城有很多方面让她觉得不开心，比如找工作方面，比如女朋友那么多等方面，但是梦梦发现她已爱上子城了。两个人聊到很晚很晚，也聊了很多很多，最后两个人在子城的出租屋里过了一夜，具体做了什么，谁也不知道。

第二天，大家还是该做内镜做内镜，该收病人收病人，像什么也没发生过一样，或许这就是真实的一面。一个医院的运转不会因为几个人的变化而停下来，就像进入轨道的航天器，不会停转。

何金苩和张子城也没有像以前刚入学的时候那么亲密了，各自做各自的事情，何金苩不敢回家，不敢跟爸妈说工作的事情，不小心被问到，只是说，在找，还没定之类的话。而张子城则是和沈梦梦天天晚上在一起约会，但是感情没有那么深了，或者也可以说价值没有那么大了，张子城觉得梦梦只不过是一个女朋友而已，甚至可以说只是在这个阶段的一个女朋友罢了。而沈梦梦确实是真心喜欢子城的，甚至想着怎么规划以后的生活，孩子叫什么名字之类的，但是子城的"规划"里早就没有梦梦，张子城已经在用另外的途径去寻找自己的"幸福"。

最让人出乎意料的事情发生了，王建放弃了工作岗位，回老家医院了。因为王建原本打算换个环境，好好发展的，但是

实在是感觉两老独自在北京不放心，最后作为孝子的王建，只能妥协，回了北京老家，确切地说是大兴。

这让何金苢和张子城重燃了希望。

现在也不需要再考试了，只需要领导决定把名额给谁而已。

正巧在这个时候，又一个"喜讯"传来了，梦梦怀孕了。

这让原本上不了台面的关系，更加雪上加霜了，但是，梦梦不是这样想的，她想和子城在一起，这毕竟是"意外收获"，因为梦梦患有"多囊卵巢综合征"，怀孕本来就很难，现在是多么好的"恩赐"呀，也正是因为这个病，子城和梦梦在一起的时候从来不做避孕措施，以为不可能会怀孕。这对张子城来说是个噩耗，因为在他看来梦梦只是一个"工具"，而这工具的终点是李奕名，要是让李奕名知道张子城让梦梦怀孕了，不用说自己找工作了，可能连梦梦的工作都没了。

子城是个"明白人"，他绝对不看好这个孩子，狠心让梦梦把孩子"拿掉"，但是梦梦不肯，而且很伤心，不管子城用什么理由，怎么分析给梦梦听，她都是拒绝的。私下里谈不拢，梦梦原本的美好设想破灭了，最后不带有一丝惋惜和子城提出分手，两个人的缘分，到这里结束了。

子城是个"聪明人"，自然不会再去争取这份工作，主动和院里提出要回老家尽孝，只是和何金苢说，老家招工，家里人找了很多关系，搞定了一个工作岗位，先回家锻炼几年。毫不知情的金苷这时是感谢子城的，什么自行车，什么白大褂面试，都是浮云，他只对张子城充满了满满的感激。

最终，何金苷如愿成了医院消化科的一名住院医师。

张子城其实并没有回老家，而是到了本市一个医疗机构，叫宝仁馆中医门诊中心，在里面的中医胃肠科成了一名内科医师，听说中心主任还很器重他，答应他5年内提拔。

至此，尘埃落定。

剖析的不单是诊断，更是人心

03

胰腺癌到底有多可怕

今天是何金苣正式上班的第一天，其实他也一直没有离开过医院，只是自己的感觉不一样了，毕竟身份不同了，现在是本科室住院医师，不再是研究生了。而且白大褂也不同了，之前印着"某某医科大学"的白大褂，现在印着"某某医科大学附属第一人民医院"，领子上还绣着他的名字"何金苣"以及工号"2288"。

何金苣特意熨烫了一遍白大褂，并且还配了白衬衫、红领带，以示郑重。

走进科室的一刹那，他感觉自己"高级"了些许。

迎面看到一个护士，并没有寒暄什么，大家都已经习惯了何金苣的存在，第一句话便是："何医生，新病人来了，快看看。"

"哦，好的。"一句话，就把刚才的林林总总都抛在脑后了。

新病人是一个全身蜡黄的病人，医学上叫"**黄疸**[1]"。

何金苜了解到，病人叫林大贵，是来自桂州的打工人员，长期从事清洁工作，年纪不小了，68岁，为了给孩子赚结婚钱出来打工。当初托了很多人才找到这份工作，一个月赚3 800块钱。虽说全身都黄了，但他自己不痛不痒，就是经常感觉全身没有力气，老伴发现大贵眼白越来越黄，起初以为是年纪大了，总有点不好的，但现在大贵越来越"难看"了，就陪他来医院看看，到导医台这边一打听才知道要看消化科，而不是眼科。

何金苜上前问道："你怎么那么黄了才来看病呀？"

林大贵轻松地回复道："主任，我觉得还好呀，能吃能

👩 **张教授说**

1 **黄疸**：通常我们说，我们是黄种人，皮肤偏黄色，但是眼白是几乎不会出现黄色的，而当我们人体的黄疸指数上升到一定程度的时候，就会出现皮肤和眼白的明显泛黄，根据不同的程度会出现淡黄、黄绿色等不同的颜色。在老年人群中确实会出现眼白的轻度发黄，因此需要鉴别，还有些是因为食物摄入过多导致皮肤黄，比如胡萝卜素的大量摄入等。当医生看到病人出现黄疸的时候，最主要的是鉴别黄疸原因，是比如各种原因导致的胆红素代谢紊乱，肝脏功能障碍，还是胆汁排泄障碍所致，以及寻找导致这些情况的病因是什么，比如肝脏病毒感染、肿瘤压迫胆管等。

喝，不痛不痒的，是我老伴说眼睛吓人，非要我来医院看看。我身体结实着呢！"

一听叫自己"主任"，何金苕心中窃喜，但还是连忙说道："不不不，叫我何医生就可以了。"对于老人的"乐观"，金苕的心里却不是滋味，因为他的第一感觉是胰腺癌，但再想想，或许只是个肝炎呢。拿出化验单一看，确实很有可能是胰腺或者胆管的肿瘤压迫导致的**梗阻性黄疸**[1]。

几天后，将 CT 和磁共振检查结果汇总，依然还是考虑黄疸为胆胰肿瘤压迫所致，原则上当然要告诉患者和家属，但这

 张教授说

1 **梗阻性黄疸：**如前所说，大家或许对黄疸有一定的了解了。如果是新生儿的黄疸，我们一般首先考虑为"溶血性黄疸"，但老年人的黄疸，则首先考虑梗阻性，如果是急性胆管梗阻，常常伴有腹痛，这是胆管压力急性升高导致的疼痛，有时候还有怕冷发热的情况，最常见的还是胆总管结石导致，而慢性黄疸的病人，往往首先考虑肿瘤，因为肿瘤是逐渐长大的，胆管慢慢扩张，人体能耐受这种疼痛，很多病人表现为上腹部隐痛，也有少部分病人当胃病看很久，等到确诊已经晚了，这是由于胆管胰腺的部位就在人体胃的后方，通常会让人以为是胃痛，而不被重视。大部分胰腺癌病人是"不痛"的，医学上称为"无痛性黄疸"，往往提示胆胰肿瘤。以上描述的是肝外梗阻性黄疸，还有肝内梗阻性黄疸，这个过于专业，我们听听就行。

个时候何金苢心里却另有想法。

林大贵，一个低收入人群，对疾病"无知"，治疗费用高昂，生存期不长，如果是胰腺癌，一般也就半年左右，是否有必要告诉患者本人呢，还是保守这个"秘密"，让患者"幸福"地活着呢，毕竟现阶段他的生活几乎不受影响。

当然，这只是一个年轻医生的臆想罢了。作为医生有必要告知患者或家属病情，这是医务工作者的义务，患者也有知情权。

告知方式是多样的，可以告知患者本人，也可以告知家属，当然大部分时候，是告诉直系亲属的，这往往是很残忍的一个过程。

"病情告知"这个环节一般是主管的主任医师负责，因此，这次是由梁楠教授告知，她告诉了林大贵的妻子赵春仙。赵春仙听了之后眼眶湿润，甚至有点后悔来看病，然而这就是事实，她忙问道："梁医生，有什么办法能治好呢？"

梁楠主任解释道："可以开刀，这是外科相当大的手术，创伤很大，术后恢复慢，但是如果后期不复发，这是一个很好

的选择。还有就是做 ERCP，**放支架撑开**[1]，把梗阻的胆管打通，但这是**姑息性治疗**[2]，对肿瘤本身是没有控制意义的，对于患者的生命，经过那么多年的临床证实是有延长的作用。两种治疗方式的费用是不同的，一般 ERCP 放支架会低一些，但是也要准备差不多 5 万块钱。"

"5 万块？！"赵春仙听了眼珠子都快突出来了。

"嗯，是的，确实费用比较高，而且这是手术顺利的情况下的费用。如果发生并发症，那花费可能是无底洞，当然这个概率还是比较低的。"

梁楠主任解释得很仔细很专业，何金苗理解梁老师想表达怎样的一种态度，因为她不得不把疾病的方方面面讲清楚，但是又知道这对于一个普通家庭意味着什么。

 张教授说

1 此处是指**胆管支架**。在胆管受到梗阻之后，如果胆道内径有空隙可以通过导丝，就可以尝试放置支架，根据材料大致分为两种，一种是塑料支架，内心中空，引流胆汁；另一种是金属支架，可以撑开胆管，此常常用于肿瘤病人，延长患者的再次梗阻时间，价格也相对昂贵。

2 **姑息性治疗**：对肿瘤病灶本身没有消除或者缩小的意义，只是对病灶导致的生理解剖改变做纠正，往往用于疾病严重而无法进行创伤很大的治疗（比如外科手术），或者患者身体情况差，无法耐受重大创伤性治疗而做的优化选择。

"梁医师，吃药可以吃好吗？"赵春仙"天真"地问道。

或许每个病人都希望吃几片药就能治愈自己的疾病，但对这个患者事实上这是不可能的。梁楠教授说道："这个病只吃药在目前肯定是不行的。这样吧，大姐，你回去考虑下吧，我们再沟通，跟你子女都商量下，我们反正都在医院里，随时可以跟我们沟通。"

赵春仙眼睛通红，转身回去了。

何金苔问梁楠，为什么要跟家属强调费用。

梁楠只是低声说了一句："每个家庭都不一样。"

这几天，林大贵一直没有说不舒服，每天嘻嘻哈哈在病房里和病友聊天，感觉自己精神好了许多，一直说这家医院水平好，挂盐水有效果，也让老伴不用陪在身边，自己一个人好得很。或许是赵春仙没有把病情告诉老伴吧。

没过几天，林大贵配了点药出院了，说儿子要结婚了，还说到时候送喜糖来医院，让大家沾沾喜气。

再之后，林大贵就再没有来过了。

这天，从地方医院送来一个煤老板的母亲，当地医院确诊了"胰腺癌"。煤老板名字叫邹强，听说这里是做 ERCP 出名的，便来求医，来的时候带了很多人参，说主管医生人手都送一支，还在办公室里放了三个水果篮，说是感谢大家。

梁楠主任把送给她的一一退了回去，除了一个水果篮。

邹强的意思是尽一切办法治好他母亲，钱不是问题。

梁楠教授找煤老板谈话，中心意思是："治不好。"

这让邹强急得差点掀桌子，但是他不死心，想问问医生还有什么办法。梁楠教授很耐心地再次解释。在梁教授看来，病人不分高低贵贱，情况都要实事求是地说清楚，至于侧重点在哪里，需要医生把握。这就是她一直跟学生提到的，每个家庭都不同，期望值不同。

对于这样的病人，虽然这个家庭不会看不起病，但是医生仍然要注意合理用药，并且，术后并发症以及手术风险是一定要说清楚的，因为患者家属期待太高。往往有一些病人家属会有"花一分钱要有一分钱的回报"的预期，而对于医学，这条"回报定律"是行不通的。

梁楠说道："我知道你很孝顺，但是这个疾病，真不是一个好玩意儿。目前已经很明确是胰腺癌，到了晚期，已经转移到了肝脏和后腹膜，并且出现了梗阻性黄疸的症状。我都很难保证支架能不能放进去，只能说尽力去尝试。我知道你经济上问题不大，但是这个疾病实话实说真的是治不好的，只能想一切办法延长她的寿命，改善她的身体情况，减少她的痛苦，这是我们一致的目标。至于效果怎么样，那就要看运气了。说不准，只能说对大部分病人有效果，我们的研究也证实有效果，但是具体到每个人就不敢打包票了。我们对病人肯定是会尽心尽力的，这点可以放心。"

邹强听完梁楠教授的话，说："梁主任，我自小家里穷，母亲拉扯我们兄妹四个，也不容易的。现在我自己有点出息了，可母亲却得了这么个不好的毛病。我想尽一切办法，让母亲能多活几天，哪怕睁着眼睛看看我们几个也是好的。眼看我儿子也要大学毕业了，我本来还想让她看看孙媳妇……"说着说着煤老板潸然泪下，试想谁不是母亲的子女，看着母亲快不行了，谁愿意放弃呢。

梁楠教授虽然很同情他，但是，这个时候作为医生，必须客观地看待问题。梁教授接着说道："如果患者是胆管恶性肿瘤梗阻，导致梗阻性黄疸，那么我建议先做**射频消融术**[1]，再放支架，这样效果会更好。当地医院明确是胰腺癌，但因为胆道和胰腺紧密联系在一起，所以我们还是需要综合评估。"

"好，梁主任，你说怎么办就怎么办，我全听您的。"煤老板爽快地回答道。

张教授说

1 **射频消融术：**可以理解为一个带电带热的导管放到肿瘤堵塞的地方，"烧掉"堵塞的肿瘤组织，使胆管畅通，笔者导师的 SCI 论文研究证实射频消融术可以延长患者的寿命，延长胆管再次堵塞的时间，是一个理想的选择。当然，费用也是需要考虑的一方面。

"不，不是这样说的。我们一起商量决定一个方案，我们是在同一个战壕里，共同面对疾病。"

邹强听到医生这样说，心里暖暖的，觉得自己的母亲有救了，然后在知情同意书上签字，确认做手术，知道手术有风险，并愿意承担。

第二天，手术开始，就像前期预料的那样，手术十分困难。经验老道的梁楠教授术中请了李奕名主任过来指导，好几次都要放弃了，导丝找不到入口，反复探查，感觉胆管已完全堵塞中断了，生命体征也出现了波动，**血氧饱和度**[1] 掉下去了，最低到了 70%；每次想放弃的时候，又上到了 90%，再继续操作。

 张教授说

1 **血氧饱和度**：我们通常去医院探望病人，经常看到有一个"夹子"夹在病人的手指上，这是用来检测人体肢端"血中氧含量"的，以此来推断人体全身血液中氧的含量，一般我们要求大于 94% 为好，也不是 100% 就是最好的，可能存在"氧中毒"，因此要根据医生的判断进行调整，比如鼻导管吸氧，面罩吸氧等。如果低于 90%，甚至更低的时候，表明人体携氧量不足，严重者可危及生命。这是院内院外十分简便的一项测量指标。

"还是**插管**[1]吧！"李奕名说道，"反复的低氧，可能导致**缺血缺氧性脑病**[2]。"

李主任的话，向来简明，但往往每次的决定都是很"稳"的。李奕名从来不拿行政职务压人，靠的是专业技术服人。梁楠就是敬佩他这点，因此和李奕名是亦师亦友的关系。

李奕名和梁楠打开 ERCP 手术室大门，和家属沟通。

邹强一看是李奕名，满脸堆笑地贴过来。有人可能会问，他怎么知道这个人就是李奕名，就是科主任呢？其实，这种在社会上摔打多年的"老江湖"，早就打探过了，墙上挂着第一个照片的人，不是主任就是院领导，肯定"有话语权"。

"你是病人的儿子咯？"李奕名问道。

邹强满脸微笑回答道："是是，我是她儿子，怎么样，李主任？"

 张教授说

1 **插管**：此处是指气管插管，将气管导管插入气道，通过人工或者呼吸机通气，最大限度地确保患者的呼吸功能在可控范围，因为自主呼吸会在大剂量麻醉下被抑制，也有可能因为各种原因将气道堵死，造成窒息等严重的后果。

2 **缺血缺氧性脑病**：神经细胞的死亡是不可逆的，这和人体其他地方的细胞不同，因此，在缺血缺氧到一定的时间和程度的时候，就可能出现大脑部分细胞不可逆的死亡，从而造成严重后果。

"病人的情况不是很好，手术很困难，我们打算给她做气管插管，尽量保证呼吸安全，再尝试下，你们也可以直接选择放弃，下次再做也行！"李奕名话不多，但是每句话都在点子上。

邹强说道："好的，李主任，我们都听你的。"

"行！那一会儿有医生给你告知签字"，说完李奕名和梁楠转身再次进了 ERCP 室。何金苔拿了个签字单，过来给邹强签字。他一看是个小医生，瞬间就没了笑脸，只是问了句"签哪里？"然后一笔一画地写上"邹强"两个字。

手术继续进行。麻醉医生给病人插了管，接上了呼吸机。

这个时候，病人的心跳又不行了，心率慢了下来，马上给了药，心跳快了上去，这样反反复复三次。李奕名知道，如果这次不成功，那么这个病人后续想再做手术，可能就没机会了。

就在那么一瞬间，导丝终于进去了。显影的结果，还是考虑恶性肿瘤的，做了**细胞刷**[1]，然后做了射频消融术，之后放

 张教授说

1 **细胞刷**：我们可以理解为，一把刷子，去刷胆管的内壁，刷下来的细胞，做病理分析，如果发现癌细胞就确诊为癌，当然没有发现癌细胞，也不代表不是癌。

了金属支架，再做**鼻胆管引流**[1]，手术终于结束了。

麻醉师没有停止工作，一直到病人清醒，生命体征平稳，才将病人和监测仪送回病房。

李奕名和梁楠出来和家属沟通病情。李奕名摘下口罩对煤老板邹强说道："手术结束了，沟沟坎坎，总算是跨过去了。"

梁楠的微笑，让邹强一家都感到放心。"但是，现在治疗

 张教授说

1 **鼻胆管引流：**是指由一个叫"鼻胆管"的管子，从鼻腔下去，直到胆管，把胆管中的胆汁引流出来，可以用来观察胆汁的性状，如果是胆管化脓，可以引流脓液，分析胆汁的感染成分等，是消化内镜治疗胆管疾病的一种常见方法。可以想象一下，一个管子从鼻子里穿进去，虽然是很细的，但肯定会难受，因此，病人需要配合放鼻胆管，特别是刚放完的时候，后面会慢慢耐受，等到病情好转就转成内支架或者拔除鼻胆管了，千万不能在夜间睡眠的时候，把管子无意中拔出来，这是很危险的，因此术后，我们都会要求家属陪同的，有时候我们还会将手术后的病人的双手约束起来，以防万一。

才刚刚开始，你妈妈身体太弱了，晚上可能会出现**畏寒**[1]、发热，甚至血压下降，若有情况你们要随时和医生沟通。"李奕名还是那样，话不多，但是每句都在点子上。

家属连忙各种感谢。李奕名和梁楠回到办公室，瘫坐在了沙发上，毕竟穿着铅衣那么久，实在是太累了。

梁楠拿起手机，第一个电话打给何金苫："小何，刚完成的这个 ERCP 病人，抗生素加强，心电密切监护，多去看看这个人！"

何金苫知道梁老师亲自打电话交代这个人的情况，肯定是不一般的病情，特地反复去观察病人。果然手术后半小时，病人出现畏寒，盖着厚厚的被子，还是觉得冷。何金苫过去摸摸病人的肚子，感觉稍微有点异常，但考虑到患者畏寒明显，还是给先处理了症状。没过多久，患者就感觉舒服多了，家属们也放松了。

张教授说

1 **畏寒：**是指本能的主观感觉身体寒冷，从而反复颤抖产生热量，在胆管疾病中常见，特别是胆管感染的病人，在 ERCP 术后，由于胆管压力一过性升高，导致胆管中的化脓感染物质进入血液，而发生的畏寒症状，及时处理效果良好。在畏寒时，病人特别难受，惊恐状，有濒死感，因此，往往会让家属感到极度的恐惧，所以这也是消化科病房里，家属大声呼喊医生的常见原因。因此，医生往往会预判到这类事件的发生，提前告知病人家属，往往可以减轻患者及家属的恐惧。

这时有护士来找何金苷，说有病人找他。

何金苷闻声找去，看到一个穿着花棉袄的中年女人，站在病房门口。他想了很久，总觉得面熟，但就是想不起来是谁了。

"何医生，你不记得我啦？我们家男人是找你看的病呀！"中年女人说道。

"找我？"何金苷还是没想起来。

"我是林大贵的老婆呀。"说完笑了起来。

"哦！"何金苷连连点头说道："是你呀，我想想，赵春仙吧。"

"哎呀，何医生，你记性真好，我的名字都还记得。你真是又年轻又聪明！"赵春仙说道。

何金苷看着老实巴交的赵春仙会说话了很多，自然问道："林大贵现在怎么样啦？"

不提这个还好，一说到大贵，赵春仙就慢慢地没了笑容，轻声地说道："没了。"

"哦，哦。"何金苷言语停顿，"那，你也别难过，这个病确实很难治。"

赵春仙说道："老头子，其实还是很善良的。"

"善良"这个词，让小何有点惊讶，很少形容亲人用这个词，便问道："怎么说呢？"

　　"哎",赵春仙说道,"老头子,回去大概过了 4 个月吧,人越来越黄了,吃什么药也没用了,脚越来越肿了,大概也知道自己的病了,我们是瞒不住了。那个时候家里花了 1 万多块钱了,儿子马上要结婚,儿媳妇怀孕了嘛,没办法要办酒了。老头子从那天起,就不再吃药了,跟我说,把钱留着给儿子,自己反正治不好了……"说着说着,赵春仙双手擦擦眼泪,吸吸鼻子。

　　何金苜上前拉着赵春仙的手臂,招呼坐下。

　　赵春仙安抚了下自己的情绪,说道:"哎,算了,事情也都过去了,大概半年前吧,老头子去了,我看着他咽气的,还算好吧,老头子也看到了自己儿子结婚,也看到了儿媳妇大肚子,可惜孙女儿没看到,相信在天上也能看到吧。"

　　"嗯嗯,老人家也算是心满意足了。"

　　"嗯,对的。哦,对了,老头子咽气之前叮嘱我说,一定要来谢谢你们,让他最后的时间里,痛苦少了很多,我也很感谢你们。"

　　听到这,让何金苜不知所措,这是何等的"荣誉",这远比一个国家大奖更加欣慰,一个即将死去的人,还惦记着感谢救治过他的医生,这是个多么善良的人,心里是多么的纯净呀。

　　赵春仙接着说道:"我老婆子,家里也没什么可拿得出手的东西,老头子刚走么,我也没时间过来。现在,我儿媳妇生

　　赵春仙接着说道:"我老婆子,家里也没什么可拿得出手的东西,老头子刚走么,我也没时间过来。现在,我儿媳妇生

　　赵春仙接着说道:"我老婆子,家里也没什么可拿得出手的东西,老头子刚走么,我也没时间过来。现在,我儿媳妇生

了，刚满月几天，就拜托亲家帮衬着，我今天一大早坐第一班车过来，现在才到。这是家里母鸡下的蛋，昨天刚煮好，做的红鸡蛋，给你们送来。"赵春仙说着拿过来一筐鸡蛋，个个通红，十分喜气。

何金苗差点哭了出来，这不单单是一筐鸡蛋，更是一种信任，这种大山里的淳朴，远比金钱要珍贵得多。

护士们看到这一筐红鸡蛋，纷纷新奇地围了过来。护士长梅琴过来，说道："小何，你这是娃满月啦？"说完大家都呵呵呵地笑着。

赵春仙看到护士长，忙说道："护士长，给大伙儿都分分吧，如果喜欢，我下次再带过来。"

"哎呀，是你呀，你怎么来啦！老头子还好吗？"梅琴说道。

何金苗急忙跟梅琴使个眼色，梅琴瞬间领会，连忙说道："大姐，你这鸡蛋那么好呀，能不能卖一点给我们大伙儿呀。"

"哪能卖呀，都送，都送。"

何蓉过来搭腔："那可不行，我们是要长期供货的呢，护士长的儿子马上考博士了，这可是很好的营养品呀。"

梅琴说道："对对对，我正需要呢！这样吧，小何，拿个笔吧，我们都记下来，大家要多少，让大姐送来，也经常来看看我们。"

这个提议让赵春仙喜出望外，正愁家里的鸡蛋没有销路呢。大家纷纷登记，写了50斤鸡蛋。何金苔说道："护士长，你这是让她家的鸡愁死了，哪里能下那么多蛋呀，哈哈哈！"

赵春仙忙说道："不碍事，不碍事。我去想办法，有，有，一定会有！"

原本一个悲伤的事情，得到这样圆满的解决，这不正是我们所想要的吗，虽然患者已经去世了，这个事实无法改变，但患者认为这样自然离世的过程才是他想要的。这样，儿子可以顺利地结婚，第三代人的生命也在孕育中。从另一角度，山里人的淳朴让我们感动，这里没有华丽的辞藻，没有昂贵的人参，只有一筐温暖的红鸡蛋，但这样的感恩让人感动。所以，我们想说，真实生活中，完美的结局可遇不可求，更多的感动来自温暖的结局。**我们很多时候无法改变结局，让结局变得温暖远比坚持一个不可能达到的"完美结局"更加重要。**

就在这个时候，刚做完手术的那个肿瘤病人，说肚子疼得厉害，家属火急火燎地跑来叫医生。他看着医生、护士在办公室嘻嘻哈哈的，更是恼火，心想：我们病人痛得要死要活，你们在这里吃喝玩乐，你们还有没有"人性"？！

何金苔看到这个"刁蛮"的家属，心里不舒服，也不太情愿去看她，但是想到梁老师的嘱咐，又不得不过去。这已经是第三次被叫过去了，何金苜心想，要是一直这样下去，其他病人怎么办。何金苜心里虽然抱怨着，但他摸到老太太的肚子，埋怨瞬间消失了，因为，何金苜感觉，这肚子"不对劲"！

哪儿不对劲，小何一时说不清，总感觉这肚子太硬了，硬得有点过。何金苜马上联系了腹部 CT，并且汇报了梁楠主任，梁楠对何金苜的基本功是知道的，她明白小何语气急促意味着什么，两个人在 CT 室见了面。

看到 CT 一层层扫描过去，梁楠嘴里默念了两个字"穿了[1]！"

何金苜惊慌地看着梁老师，半天说不出话来。

对于梁楠来说，这不是第一次 ERCP 穿孔了，可并不是说她技术不好，恰恰相反，梁楠的技术在国内绝对是大咖级别

张教授说

1 "穿了"这里是指 ERCP 穿孔，是 ERCP 手术最严重的并发症之一，ERCP 操作的部位位于十二指肠。大家都有生活常识，肠子比胃还薄很多，再加上肿瘤病人往往营养情况差，肠壁水肿厉害，质地较脆，在十二指肠镜难以进入的时候，反复调整位置，可能就撑破十二指肠，还有就是在具体操作中的导丝穿透、黏膜切开等操作时容易导致穿孔。由于这个部位是胆汁胰液聚集的地方，都是消化酶，很难愈合，因此往往会造成严重的后果。但是，穿孔绝对不是就"等死"了，早期发现后尽快内镜下夹闭破口或尽早外科手术，均是很好的补救手段。

的，但是"常在河边走，哪有不湿鞋"，再好的技术也会碰到意外。穿孔的发生只是概率问题，一般穿孔的概率在1%~6%，梁楠大概在千分之二左右。何况穿孔的结果往往是综合因素导致的，所以穿孔了并不代表就是水平不行。何况，这还是李奕名主任亲自指导实施的手术。

那么穿孔怎么办？

这是经常困扰临床医生的问题，这是一种手术并发症，虽然术前谈了好多次，反复沟通了，家属也签字了，但是试想，谁愿意接受这个严重并发症发生的结果呢？这个换位思考很好理解。因此，作为临床医生在出现手术并发症时，最关键的是两件事，一是积极补救，二是及时沟通。不能怕家属责怪而不敢说，甚至发现穿孔而故意不说，故意隐瞒是绝对不允许的。

李奕名主任马上就赶到了现场，一起看CT。CT很明确，有穿孔！

李奕名说："我觉得有穿孔，但是应该穿孔口子不大，可以保保看！"

梁楠更主张外科手术，但这是胰腺癌的病人，手术不一定能下台的。那么不得已，只能保守治疗。

正在这时，病人的妹妹，也就是那个一直看不惯医院的大姐冲进护士站，说道："我姐，盐水没了，按铃了半天都没人来，肚子痛了那么久了，你们也不处理，你们还有没有医德……"

听外面吵吵闹闹，李奕名走了出去："你想干嘛？！"李主任的威严显然镇住了她，这位大姐唯唯诺诺半天说不出话来。

紧接着李主任说道："小何，把这位病人家属都请到办公室来！"

家属都坐定，还满怀喜悦。

李主任打开电脑显示器，打开 CT 影像片，然后很严肃地跟煤老板邹强说道："我们发现，你妈妈应该是术后肠子穿孔了，这个原因有很多，但是根据 CT 显示，穿孔是肯定的。"

邹强马上没有了笑容，双手交叉放在胸前，一脸的不满。

紧接着，李奕名说道："我觉得应该是手术中的一点点小口子，我们可以选择保守治疗，就抑制消化酶抗感染这些，看看病人能不能自己好起来。再不就现在再进去找穿孔的地方，尝试用钛夹夹毕，再不行就外科开刀修补。你们怎么看？"

后面大姐跳起来说道："什么叫我们怎么看，你们弄破我姐肠子，当然要你们想怎么办，怎么问我们怎么办？我们怎么知道怎么办……"大姐说个没完，而李奕名并没有理会，只是跟患者的儿子说话，问他的意思。

邹强说："你们看着办吧。"然后就出去了，家人也跟着

出了办公室。

这个时候何金苔傻眼了，这可怎么办，大家都面面相觑。李奕名对梁楠说："先请外科会诊，然后我来向医院里汇报。"

没错，其实医院里并不怕事情，医院里本来就是解决医疗事件的，自然是"事故"的高发地带。医院不是保险箱，更不是花了钱就能治好病的市场。

从医院的角度讲，疾病并发症本来就会出现，医疗操作只是导致并发症发生的一小部分因素，手术肯定会有风险，哪有给钱就能保证不出事，出事就一定要医生"赔"的道理。从患者角度讲，医生爱答不理，自视高傲，叫病人干嘛就干嘛。医生做的操作，出了事情，就说这是并发症，就是自己"命不好、运气不好"，付出的不单单是金钱的代价，很多时候还是生命的代价。

那么这个难题靠谁来调节呢？政府？市场？保险？还是其他什么呢？

反正，就目前看来，光靠"道德""素质""思想觉悟"是肯定不行的，既不能说医生手术后出现问题就是"庸医"，就是"谋财害命"，也不能说病人家属这种"讨说法"就是"讹钱""素质低"。应该说，这都是合理的诉求，不能让医生不敢动手，也不能让患者求助无门。

那么，医疗保险，或许是不错的出路，我们国家已经有了很优越的基本医疗保险制度，这是很多国家都没有的，客观地讲，中国看病"真不贵"，中国看病"真不难"，这点或许可以被量化。同时，看病就是要排队的，哪怕是急诊也是要排队的。病人的需求和医院的能力要匹配，为了更大地发挥医院的潜力，所以必须有秩序。如果要求看到更高级别的医生，就可能要排更久的队伍，这点毋庸置疑。在信息化发展的今天，我们或许可以让病人在医院停留的时间更短，排队在家里、在手机上，而不是在医院里。至于看病贵，其实是不贵的，医疗成本是很高的，医疗的费用有时是跟患者的高要求相关联的。说到这里，我们不得不反思一个问题，医疗的价格超出了患者承受能力的那部分，谁来买单呢？

或许，保险是一个不错的选择，政府负责做最终裁判以及规则制定者，让医生和病人都可以有权利维权。对于有风险的手术，给予购买意外保险的途径，对在医疗机构执业的医生能有保障，使得医者为救治可以全力以赴，而无需瞻前顾后。

从另一个角度，医院里从来不缺少痛苦。医生应该看到，病人是不幸的，生了病，要承担医疗费用；为了看上病，要排队，要等床位，要被医生护士教育，没有自己可以选择的权利。因此，相互理解是很重要的，谁都不要偏激，不要盛气凌人，都需要理解彼此的难，做最好的换位思考，尽最大努力，

毕竟"刁蛮的病人"还是极少数的。

对于李奕名，他最大的特点，就是"稳"。

出了事，不怕事，积极面对。

解决事情，才是一个科主任需要把持的主方向。

外科会诊认为，病人可以尝试单纯做个穿孔修补，但是也很有可能无法缝合，因为肿瘤组织是很脆的，可能穿孔越修越大。医院方面，第一时间就安排工作人员到场和家属沟通，但是沟通的结果是被那个病人的妹妹骂骂咧咧地轰了出来。而邹强并没有说话，只是坐在角落里发呆，拿起香烟，刚拿出来，想想这是病房，又放了回去。

不管家属什么态度，医生、护士还是继续执行治疗措施。但哪怕护士进去换盐水，家属的脸色还是很难看。

邹强越想越懊恼，自己的娘还没过几天好日子，眼看着自己事业有成，想让老娘过几天好日子，她却得了这个病，做手术还出现并发症，娘的命真苦。他是见过世面的，并不会像阿姨那样吵个没完，他也劝过阿姨别在医院里吵，毕竟还有别的病人要休息。但是，他娘会怪他"不孝顺""都不替自家人说话"，也真是让他觉得无言以对。邹强虽然很胖，天天一身全黑的名牌，大金链子明晃晃的，但不得不说，他是孝子。对他来说，钱不是问题，因此不存在要医院赔钱的想法，只是觉得自己没能治好母亲的病。这和他阿姨是不一样的，他阿姨从一贫如洗到一夜暴富，已经习惯拿钱说事儿，这次也已经抛出了"200 万赔偿金"的价码。

邹强起身主动找梁楠和李奕名谈，说道："李主任、梁主任，对不起，我们家人都是山里出来的，没有什么文化，我母亲这次得病，让我很发愁。"

李奕名觉得这人不错，能够沟通。

邹强接着说道："反正，我的想法是，你们尽力去救治我妈妈，至于结果，我已经做了最坏的打算。然后，我阿姨我会劝她的，你们的保安也可以回去了，老是站在病房门口，我也觉得不好意思。"

李奕名说："好的，我懂你意思，对于你妈妈的不幸，我们也很同情和理解。我代表消化科向你表示感谢，感谢你的理解。对于你妈妈的病情，结合外科会诊意见和以前的经验，我们打算再做一次内镜进行修补。你看怎么样？"

邹强点点头："嗯，好的！"

说做就做！

叫来麻醉师，麻醉师一看，好家伙，又是她，刚想跟李奕名诉苦，李奕名说道："插管！"

麻醉师利索地插管，上呼吸机、心电监护，其他各种抢救设备都备在一旁。

这次没有用十二指肠镜，而是换成了胃镜，因为胃镜操控

性好，顺利到达**十二指肠乳头**[1]。李奕名嘴里念叨："没有穿孔呀！"

梁楠也觉得，没有穿孔呀。梁楠说："李主任，会不会是刚才操作的时候穿孔的，现在组织水肿自己闭合了呢？"

李奕名说："嗯，有可能！"

麻醉师说，不对，血氧饱和度不稳定了，血压不对了，病人出汗了。

李奕名觉得，这不可能呀，呼吸机怎么会报警呢？是不是麻醉不够深呢？问道："呼吸机什么参数报警了？"

"气道压力高了！"

李奕名一下子就想到了肚子，看看肚子怎么样。

沈梦梦说："李主任，肚子很胀了。"

梁楠马上拿来针筒，刺进了病人的肚子，"噗嗤！"气体不断地冒出来。

李奕名说道："哦，这个人不是在常规 ERCP 穿孔的部位穿孔了，破口很有可能在更远的肠子上。"

 张教授说

1 **十二指肠乳头**：十二指肠里胆汁和胰液排泄出来的口子，ERCP 也是从这个小小的口子里进去操作的，十二指肠乳头变异很大，因此操作难度极大，这也是 ERCP 的难点，需要足够的经验。因其呈现乳头状而得名。

　　镜子继续往前，终于看到一个直径 1cm 左右的撕裂口，这应该是肿瘤组织浸润之后组织松散了，操作的时候肠子牵拉导致的撕裂。

　　"来，钛夹，**尼龙绳**[1] 准备好！"李奕名说道。

　　李奕名的表现还是那个字，稳！

　　不到 20 分钟就把破口修补好了，但是，这个地方是人体**胆汁和胰液**[2] 大量经过的地方，伤口是很难愈合的。因此"战役"才刚刚开始，需要跟病人家属沟通好，做好最坏的打算。在李奕名看来，出现问题的时候，如实陈述，做最坏打算，做最好准备，比搪塞推脱要强得多。

 张教授说

1 **尼龙绳：**这是用于圈套组织的器械，主要用于修补漏口和结扎血管用的。（具体了解这么多就行了，免得抢饭碗，嘿嘿。）

2 **胆汁和胰液：**是人体重要的消化液，内含丰富的消化酶，可以分解食物，胆汁绝大部分是肝脏分泌的，并不是我们通常认为的胆囊分泌的，胰液是胰腺分泌的，通常情况下消化酶在正确的位置里是不会消化自身组织的，比如我们吃猪大肠，猪大肠会被消化分解，但是我们自己的大肠是不会被消化的，并不是因为我们不是猪，而是因为我们的肠道有自己的保护系统，但在极端情况下，比如肠子破了，胰腺炎导致胰液渗出了，那么破口就会被我们自己的消化液侵蚀，出现破口反复不能愈合、胰液消化周围组织等现象，造成严重后果。

　　回到病房，李奕名和梁楠商量下一步对策。对策针对两方面，一方面是医疗上进一步的治疗方案；另一方面是要提防家属有过激的行为，特别叮嘱了年轻医生，不要有情绪，因为年轻医生往往血气方刚，大局观差一些，容不得自己受气，而激化矛盾。

　　其实医疗意外天天在发生，只是有大有小，有些微不足道，对人体几乎没有伤害，比如打针没扎到血管，而这种肠穿孔事件属于比较大的意外了，但是医疗就会有这样的风险。病人都是因为是生病了才来医院，需要处理的部分，往往就是有病变的部分，也是容易出现问题的部分，难免会出现问题。

　　给了药物控制，给了营养支持，给了加强抗生素等治疗，之后的每天，只要李奕名在医院里，都会来摸摸病人肚子，看看情况。

　　慢慢地，邹强没有那么生气了，也逐渐配合治疗了，那个大姐也回老家了。科室里也逐渐恢复了往日的轻松氛围。

　　大概整整过了两个月，病人逐渐康复了，也开始进食了，引流管也拔掉了。李奕名终于松了一口气。两个月来，病人煎熬着，家属煎熬着，医生也煎熬着，大家都好累，总算是挺过去了，一切都好起来了！

　　今天是正月十五，也是老太太出院的日子，这是儿子邹强的意思，去高档疗养院好好享享福。一家人很随和，一个个都在忙碌着收拾着，毕竟都两个月了，东西特别多，照顾病人的保姆也在一旁收拾东西。听说老太太出院了，那个"刁蛮的大姐"也来接姐姐出院，收拾在她看来自然是保姆的事情，她就在床边给姐姐喂吃汤圆。大家也其乐融融，似乎也忘记了那时候 ERCP 穿孔的事情，毕竟一来病人也康复了，二来消化科这两个月的积极努力也让邹强一家感动。再说这种并发症也不是医生故意要弄出来的，那时候也是为了救母亲的命，而冒险长时间操作。经过这次的事情，煤老板似乎对医务人员的看法也发生了改变，也不再一味地通过金钱来衡量价值了，或许每件事情的发生都是一次生命的成长。

"你们快看你妈呀！"隔壁床的大妈突然叫起来。

大家一看，老太太透不过气，两眼上翻，全身抽搐的样子，甚是吓人！

"医生！医生！快来呀！医生！"邹强吼叫着一个健步冲了出去！

正是中午吃饭时间，办公室里，没有人坐着，护士何蓉刚刚接中班，刚给病人换完盐水回来，看到煤老板这副面容，问道："怎么啦？"

"快！快！我妈不行了！"邹强差点就说不出话来。

护士何蓉马上拿起电话，准备叫值班医生过来，想想来不及，赶紧放下电话跑到病房去。只见老太太已经不动了，两个

手掐着自己脖子，怎么都叫不醒，就像中了邪，想自己掐死自己似的！

这时，何蓉观察到老太太已经瞳孔散大、呼吸停止、脉搏消失，需要马上抢救。"发生了什么事？""吃元宵噎着了……"大家七嘴八舌地告知。何蓉一边做胸外心脏按压，一边呼叫更多护士、通知医生。紧接着，有人推来抢救车、建立静脉通路。**呼叫了 999** [1]！叫急诊科会诊、麻醉科会诊，叫科主任过来！一连串的呼叫，分分钟内一大帮人齐齐赶到！

气道梗阻！窒息！呼吸、心跳停止！

原因就是汤圆，从气管里吸出很多汤圆的残渣。气管插管，注射肾上腺素，不间断地胸外心脏按压！

可，还是没有抢救过来！

因为病人本来就是肿瘤晚期，突发心跳停止几乎很难挽回！

这个时候，"刁蛮的大姐"已经面色苍白地躲在一旁发

 张教授说

1 **呼叫 999**：有些大型医院都会设置紧急抢救代码，在全院广播下呼叫，不同的代号代表不同的事件类型，不同的事件类型会有不同方面的专家到场协助抢救，因为不方便直接以具体事宜呼叫，因此呼叫设置为一个代码，以免引起恐慌。

抖。按说这个时候这位大姐肯定又要开始了叫骂，说医生、护士来得太慢，人在医院里还没救过来，我们来的时候好好的之类的话了，可这个事情是因她而起，她只能羞愧地躲在角落一声不吭。

后来几个人安静下来，抢救的医生也慢慢撤离，抢救设备也一点点被移开，只留下邹强静静地陪在母亲身边。

大概过了半小时，邹强来找梁楠，他两眼通红，进办公室的那一刻，空气似乎都停止了。原本一直在说话的医生们，都停止了说话。

"梁医生，"邹强叫道，梁楠正好在办公室里，站了起来，其他医生也都站了起来。

邹强低声地说道："麻烦你帮我妈妈办个手续吧。我们要回去了。谢谢你们！谢谢！"

这声"谢谢"，没有微笑，这声"谢谢"，没有握手，但是，这声"谢谢"让梁楠流下了眼泪。

邹强一家走了，办公室里沉默了好久，好久……

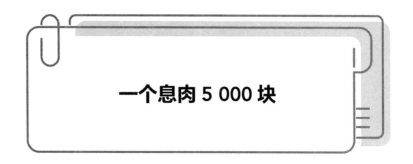

一个息肉 5 000 块

何金苜慢慢地成长了起来，也开始学习操作肠镜。

很多人或许不知道，肠镜操作技术是很不容易学的，技术要求高，操作风险大。因此，医学生在读研究生期间，一般不允许操作肠镜，只有在工作之后才可以学习。在哪里学习，这个问题肯定有人关心，答案是先在教学模拟机上学习，而后在病人身上逐渐过渡，是一个规范的学习过程。很多病人不愿意成为"教学工具"，这点都能理解。但是，事实上，作为医科大学附属的教学医院，医学生是肯定有操作学习机会的。患者也不用过度担心，因为被认为可以在病人身上操作的医生，都是经过考核评定的，而且都有专家在旁边辅助，不是一开始就可以随意操作。某种角度讲，病人在帮助医生学习的同时，也是在为医学事业的接班人做贡献，为我们的后代做贡献。

何金苜很认真地学习内镜操作，进步很快，慢慢地也能独立完成肠镜操作了。梁楠看到他的进步感到很欣慰，而且小何做事有板有眼，从不丢三落四，在科里给人的感觉就是"靠谱"。甚至有人说他像年轻时的李奕名，这让何金苷有些飘飘然起来。

跟着梁楠教授做内镜操作的时候，经常看到有病人来摘除**肠道息肉**[1]，好多病人都是从一家叫"宝仁馆中医门诊中心"的医院做的肠镜，发现息肉后来医院摘除。这个门诊中心的名字，何金苷看着眼熟，就是想不起来，直至看到内镜操作医生一栏写着"张子城"三个字，才想起来子城工作的地方就是这个中心。

"中医门诊"怎么还做肠镜呢？都做了肠镜了，怎么还都不治疗，要换到这里来治疗呢？这是不少人的疑问。

一个病人进来，何金苷打趣地问道："哎，我说，怎么有那么多这家医院过来的病人呀？你们怎么都到这里来了呀，不是都做了肠镜了吗？干嘛不直接治疗呀？"

👨‍⚕️ **张教授说** ────────────────────

1 **肠道息肉**：是各种原因导致的结肠黏膜隆起性病变，简单的说就是不知道什么具体原因引起的，因为有转变成结肠癌的风险，因此多数情况下，医生建议患者摘除息肉。摘除方式有电热灼烧、圈套、活检钳除等，根据不同的息肉大小选择不同的治疗方式，但是无论哪种方式都有出血、穿孔、感染等风险。一般来说，结肠息肉手术并发症概率在1%～3%，如果发生了，就积极应对治疗。患者能做的是完整详细地表达清楚自己的病情，配合医生做充分的肠道准备，特别是后者。

病人毫不掩饰地回答道："不靠谱！"

"那你干嘛还要去那边做检查呢？"旁边麻醉师冯晓娜问。

"哎呀，还不是什么社区活动嘛，来宣传说，他们医院好，做肠镜仔细，有高端设备。而且搞促销，一次200块全包。我和我老婆都去了，想想么，年纪大了也想检查下的。你们这边预约要一个月，那边随时可以做，就都去了。"这位大哥边笑边懊恼。

"那不是全包吗？"何金苜笑道。

"全包？就给你做检查，发现了息肉，说门诊不能摘，怕出血，要住院摘。"

"嗯，这个是对的，我们这里也是这样的。"何金苜说道。

"我想着也是这样，要手术了嘛，还是到你们大医院来。"

"哦，原来这样呀！"

这位大哥接着说道："哪里呀，还没完呢，肠镜一直插在我屁眼里，说讨论了下，说门诊也可以摘了，但要麻醉下摘，就是马上给麻醉。还要加钱。"

"啊？还有这套路？"

"对呀，你说这也先拔出来再说呀，一直插着，跟我谈条件。"

"那最后你摘还是没摘？"

"摘了呀！"

"摘了，你还来？"

"就是说呀，跟我说，要用什么氩气刀啦，什么刀的，给我烧，说我有很多息肉。还说给我一个优惠价，一共5 000块。"

"5 000？"

"对呀，5 000块，然后我说我不要麻醉的。"

"后来呢？"

"他们后来又说，也行，还给我便宜了500块，说什么搞活动，然后我老婆去交了钱。给我烧了，烧了好像5个还不知道几个，又说有个比较大，烧不了，要用什么套，套掉，要加1 000块。"

"还要来1 000？"何金苷想着，这是哪门子看病呀。

"对呀，我说，好了，算了算了，我不弄了，这个太坑爹了。我都去卫生局举报了，哪有这样弄的，最后他们还退了我2 000块钱。"

何金苷笑着说："举报得好，现在就是有些医院，搞臭了医生的名声，干得好！给你点赞！"

内镜室护士长看这边聊得开心，耽误干活，忙过来制止，毕竟好多人还在等着呢。

何金苷让病人躺下来："来来来，躺下。我们这里收费是按国家规定，多少钱就是多少钱。哈哈！"

"哈哈,你这医生真有意思。是啊,正规医院,我们肯定放心的。"

梁楠努努嘴,让小何上,自己在旁边一台做一个难度很大的肠镜。对小何来说,这样的息肉摘除是再普通不过的了,毕竟也是"老手"了。

人的结肠分为 5 个部分,从肛门开始,依次是直肠、乙状结肠、降结肠、横结肠和升结肠,包含**回盲部**[1]。也就是说,我们通常需要看到这样 5 个区域,必要时,肠镜还要进到小肠里,也就是回肠末端看小肠的结构,但是,这是肠镜的极限了。因此肠镜是没法看到整个肠子的,这也就解释了,为什么很多病人说胃肠镜做过了还是找不到出血原因,部分是因为小肠出血的部位无法看到。

患者麻醉后,何金苣操作肠镜很顺利地进入了大肠,也顺

 张教授说

1 回盲部:小肠分为空肠和回肠,大肠的起始段称为盲肠,大家都听过所谓的"盲肠炎"吧,其实就是"阑尾炎"。那么回盲部,就是大肠和小肠的连接点,一般也就是大肠镜检查的终点了,这个部位由于角度扭曲皱褶,又是黏膜改变的区域,因此很多早期的肿瘤容易隐藏在这里,但是,这个位置的肠道准备是最困难的,如果这个位置不干净,肠镜就看不清楚。我们尽量要做好肠道准备,才能减低肿瘤被遗漏的概率。

利找到了息肉。小何用了 EMR[1] 技术把息肉摘除下来。何金苣对麻醉师冯晓娜说："麻烦你，帮我把这个病人在之前那个门诊中心的肠镜报告拿给我看看，我看看息肉在哪儿。"

麻醉师找了半天，说："何医生，没有呀！"

"啊？我刚才忘记问他拿了。"何金苣麻烦一个实习同学去找患者家属要，这位老兄的老婆说，当时跟那个医院闹翻了，哪有什么报告呀，有也扔了。

那怎么办，这位老兄肠道准备并没有很好，肠镜中时不时看到粪便，没办法了，只能仔细地反复冲洗反复看，可是有些地方有成块的大便，没法吸引，吸引的话会导致结肠镜堵塞而无法继续检查，只能"拍照留念"了。

来来回回，就只发现了一个息肉，直径 8 毫米，手术结束。

5 分钟后，这位老兄醒过来，感觉完全清醒了。何金苣开

 张教授说

1 EMR（内镜下黏膜切除术）：是结肠息肉摘除常用手法，也是较为安全的一种，优点是创面小，缺点是切除的范围不能很大很深，因为一般息肉都属于黏膜层病变，使用该技术就能完全切除，如果再深、再大或者考虑病变恶性可能性大，一般就采用什么方法呢？来，回忆一下，对了，ESD 技术。至于 EMR 是怎么个操作方法，太专业了，就不说了，嘿嘿。

始给他老婆做肠镜，一看名字，还以为是个男人呢，叫"何威"，巧的是她老公也姓何，叫"何强"。何金苔打趣道："我们老何家，还有那么'刚强'的一对呐。"

何威显然没有她老公坚强，和名字一点都不像，一个劲儿地问："痛不痛的？会不会穿孔出血的？会不会是个癌呀……"一直念叨个没完，麻醉师按流程问了一遍病史后，就给她上麻醉了，转眼间何威就睡着了。接下来还是何金苔"动手"。**女性的肠镜操作一般都比男性要难做一点**[1]，肠镜在乙状结肠的位置就非常难以通过，不得已何金苔只能请求梁楠来帮忙。

梁楠在一旁看到了麻醉前的一幕，说了一句："小肚鸡肠！"。也不知道这句话有没有针对性，还是只是打趣地说道。这句成语在肠镜操作的时候很贴切，一般肠子比较细比较弯的人，肠镜比较难做，或许这仅仅是个心理暗示。梁楠上手

 张教授说

1 女性肠镜比男性的要难做一点，这也只是一个经验之谈，没有绝对的统计学意义，通常来说，女性由于剖宫产手术、节育手术，其他妇科手术，以及妇科炎症等因素，结肠容易和周围组织粘连，致使肠镜难以通过，反复尝试后往往导致术后疼痛不适，并发症的发生概率也相对会高一些。因此，全身麻醉下接受肠镜操作也是不错的选择。

操作，也是很困难，肠镜只能到回盲部，然后逐渐**退镜**[1]检查结肠，在直肠和乙状结肠交界的地方，发现一个大约直径6毫米大小的息肉。梁楠教授对它做了冷切除，稍微有点渗血，反复用水冲洗了下，发现出血很少，又考虑费用问题，尽量减少病人的经济负担，就决定不打钛夹了，跟病人说一句，可能会有点渗血，过几天就没事了。

何威醒来后问的第一句话就是："要几天才没有血？"

梁楠说，很难说，一般两三天吧，不用管它就行，告诉她这种**息肉摘除术后出血**[2]是很常见的，出血自己会凝住的，不用管它。

👤💬 **张教授说**

1 退镜：是指退镜观察，一般结肠镜检查，是先到回盲部或者回肠末端，然后再退镜检查，除非是无法继续进境，就直接退镜，因此，当医生说"好了，终于到了。"别以为是结束了，而是检查开始了。

2 息肉摘除术后出血：这个很好理解，切息肉肯定会出血，绝大部分病人能自行凝血，为了以防万一，在手术前都会评估患者凝血状态（抽血化验），如果预判到可能出血，会用钛夹预防出血。如果是很小的伤口，且位于距离肛门很近的地方，一般就不打钛夹（会导致反复有便意）。医生一般会告知患者术后几天内有大便带血，只要不是大出血，就不要太在意，因为这是可预见的，如果实在止不住，可考虑药物止血或内镜止血。

后面的灾难就来了，真是，闹了一家医院就有可能闹另一家医院。

首先是何强。

何强后来去那个门诊中心"讨说法"了，最后是那家医院赔了一笔钱，条件是不再声张，何强开开心心地回来了，还拿了当时的肠镜报告。不拿还好，拿来发现，还有2个息肉没摘的，为什么这次手术只摘了1个，还有1个呢？要是癌变了呢？谁负责？！

一连串的问题，直接出现在医务科办公室的书面记录上。

这天梁楠接到医务科电话，得知何强这档子事，这让梁楠觉得很奇怪，这个人是如此"相信"我们医院，怎么突然就……

梁楠问何金苷："小何，这个'何强'是谁？什么情况？"

"哦，梁老师，就那个在张子城那家什么中医门诊做的肠镜，来我们这里摘息肉的，怎么了？"何金苷也觉得奇怪。

"这个人去医务科投诉，说息肉有两个，只摘了一个。"

"啊？这也太不讲道理了吧，这个人肠道里粪便很多，手术后跟他说过的，只发现了一个，摘除了。当时这个病人肠镜报告也没有的，发现一个，就摘除一个。"何金苷解释道。

"当时没有异议吗？"

"没有呀，这个人一直态度很好的呀，就是一直念念有词说那个中医门诊部狗屁不是什么的。"

"嗯，他现在说我们医院'狗屁不是'。"

"这，这可怎么办呀？"何金苗有点蒙了。

"不要紧，又不是病人有意见，就意味着医院有错的。做好自己本分就行。"梁楠说道。

后来这个事情就这么搁置了，也没发酵，因为医务科这样的病人见多了，只是让梁楠教授团队做好解释工作。

接下来是何威。

何威手术后就想解大便，排出来都是一些黏液和水，还带着一些鲜血。当时也没什么，因为梁楠跟她说过，手术后会有点出血的。但是她左下腹有点疼，两天了还没有缓解，就要求住院观察，梁楠表示没有床位，而且这样的出血不是大问题，慢慢会没有的。

何威这可就发威了："你们医院就这样对待病人么？做肠镜把肠子弄出血了，还不负责了？！要是回家之后大出血怎么办？有生命危险怎么办？哪有做完手术就赶病人回家的？！还没有床位？！你们是把病床都给关系户了吧，你们手术的病人都不预留床位的吗，万一手术失败怎么办？你们现在就失败了，哪有手术后还出血的？为什么当时不止血呢？什么叫为了经济考虑，我们家有那么缺钱么？而且我现在肚子很痛，是不是肠子破了也说不好！反正我就是要住在这里，你们不安排，我就打市长热线投诉你们……"

　　一旁的何强也是一直附和着，再旧事重提，说明明那么多息肉，偏偏只摘了一颗，就是为了多摘几次，好赚钱！俩人一唱一和，越说越离谱。

　　何威在病区走廊上大吵大闹，同时煽动周围的其他病人："大家快来看那，这家大医院欺负我们小老百姓，手术失败了还不承认！"

　　护士长梅琴第一时间按了"报警按钮"，没几分钟两位保安就到场了，控制了何威。何威更加叫嚣了，说欺负人，躲在墙角。何强看着老婆被"欺负"了，但并没有动手的意思，只是和何威差不多，一个劲儿地说着。

　　李奕名、梁楠、梅琴等一群人都到了走廊上，一时间走廊上多了很多人。

　　何威、何强不肯到办公室，说我就是要在这里讨说法。接着又混不吝地说起来了。

　　李奕名只说了一句："梅老师，汇报医院总值班，给这个女病人安排个床位。"然后转身就走了。

　　何威一看这个是"主事人"，就忙拉住李奕名，说道："你是这里领导是吧，你看看，这事怎么办呀？！"

　　梁楠连忙过来拉住何威的手，说道："你要干嘛，拉着我们主任干嘛？"

　　"哦，你是主任是吧，你今天要是不给我个说法，我就找你们院长。"何威叫嚣道。

李奕名顿了顿，说道："你现在哪里不舒服？"

"我肚子痛，头晕，呼吸困难，哪儿都不好，明天我还要去上班，现在上班也不能上了，你说我怎么办！"何威越来越无赖。

李奕名说道："好了，人不舒服，就治疗，这里是医院，等你病治好了，再跟我谈。"便转身离去。

其实大家都知道，这个女人的个性偏执，又不会说话，但是有一点可以肯定的是，身体并无大碍。大家都挺放心的。

梅琴给她安排了一个骨科的病房，消化科里实在是没有床位了。这家医院的消化科对于这样的病人一般都是不需要收住入院过夜的，但是病人"有需求"就满足咯。因为毕竟病人确实有肠道出血，治疗也是合理需求。

三天后，何威的肚子已经完全不痛了，就感觉大便还是有点红，很有可能还在出血。于是每次解出来，都要求化验大便。反正这个也不难，就每次化验大便隐血。从 +++ 慢慢化验到 +，然后就一直 +。这让何威很是恼火，说是三天血就止住的，怎么一直没有止住，肯定是姓梁的骗她，于是又到消化科办公室闹。梁楠正在 ERCP 手术，何威根本进不去，就只能在办公室吵，就一直说"要个说法"。

这一吵不要紧，吵不来梁楠吵来了保安，何威直接被带回

了骨科病房。保安的意思很明确："要不去派出所说，要不在病房等。梁楠保证晚上会来查房，有问题到时候说。如果再扰乱医院医疗秩序，就把你送派出所了。"

何强的看法是"好汉不吃眼前亏"。

抛下一句"让姓梁的到病房里找我"，就回去了。

夜间查房的时候，梁楠和何金苴一群人去骨科查房，病人并不在病房。邻床大妈说，吃晚饭去了。

时间又过了一天，"大便隐血阴性"——正常了！

"肯定是假的，医院里肯定做了手脚！"何威说道，何强默认。真是不是一家人不进一家门。

再过了一天，何威把大便样本分成3份，用3个人的身份分别送到省级医院和2家社区医院去化验。结果是，**一份++，一份+，一份阴性**[1]。

然后何威拿着一张++的化验单找梁楠，指着梁楠的鼻子骂："你不是说三天就好么？这都五天了，我肚子还痛，大便

 张教授说

1 **一份++，一份+，一份阴性**：同一份大便样本出现检测结果不同，这是可能出现的，因为大便取样是很少的，取在不同的部位会出现不同结果，一般以最严重者作为诊断依据，当然也包括检测机器的灵敏度的影响，需要查原因。

还出血，你说怎么办吧？"

梁楠其实和李奕名早就商量好了，就是能谈就谈，不能谈就医院层面解决，再不行就采用司法途径解决。但是明确一点，对于扰乱医疗秩序的行为绝不屈从，绝不"为了维稳而维稳"。

因此，梁楠只是说："这是正常的，每个人的肠道修复能力不同。这点出血是不要紧的，会自己修复的。你也不要太担心，不用过分关注。"

何强说道："那是当然咯，不是你在出血呀。还有我的事情怎么办？为什么给我留一个息肉？为什么不切干净？你们赚钱要不要这样，比那家医院还黑呀。"

梁楠强忍愤怒，耐心解释道："**肠镜检查，息肉就是有遗漏的可能的** [1]。何况你那天大便那么多。"

"你们医院为什么一出事情，就说病人的原因，你们怎么就不说说没仔细看呢？肯定是你们不认真检查，一直在那里说

 张教授说

1 **此处是指息肉漏检率：**确实存在一定的比例息肉漏检的，特别是肠道，漏检率大约在 20%。比如检查者没有看到，肠道准备差，息肉不明显等因素，都会导致漏检。因此我们医生和患者都需要努力，降低这个概率，降低漏检率还有一个常用的方法就是缩短复查的时间。

话聊天，注意力自然就不集中了。"何强说道。

"如果你不信，我可以给你看肠镜照片呀！"梁楠反驳道。

"我才不看，我怎么知道，你们的照片有没有做过手脚，是不是我的肠子照片。我那天明明拉得很干净的，和上次做的时候一样的。为什么你们这里就说我肠子不干净，我看是你们思想不干净。"何强越扯越离谱。

梁楠说："好的，既然你们都很有意见，你们可以咨询医务科或者申请诉讼，我们完全配合。"

大家都看出来了，两位病人根本就不想要什么"说法"，无非是索赔点儿钱，跟那个中医门诊中心似的，让医院就赔点钱，免费做个检查。

可惜，他们忘了，这是公立医院，而且现在国家对医院是很支持的，要赔钱必须有理有据，院长也没有权力随便签字赔钱。

第二天，何强和何威再找到医务科。医务科王珂科长一听是上次那件事情，就说了一句："切息肉出点血这不是很正常的呀，要是每个出血都过来讨说法，我们医务科要忙死了。又不是大出血，你急什么，过几天就好了，都在正常范围里的事情，那么焦虑干嘛。"

何威在医院里那么久，第一次看到一个穿白大褂的人，跟她说这么冲的话，让她一下子蒙了。何强看老婆蒙住了，马上拿出自己的"检查单"，就是那个在中医门诊中心的肠镜检查单，说自己如何如何。王珂说了一句："这什么医院，这种地方有没有肠镜检查资格都不知道，这个地方出的肠镜报告单，我们医院是不承认的。"

王珂紧接着补充一句："我觉得你们这些都不是什么大问题，都是常见的范围。如果你们不满意，可以向卫生局投诉，也可以直接去法院起诉我们医院。"

看两人有点蒙，王珂补充了一句："你们还有别的什么问题？"

何威还准备了一大套说辞，被王珂两三句话说得"思路都没了"。

然后王珂电话不断，问道："你们两个人还有没有问题，没问题的话，我要去忙了，好多人等着我。"两人迟疑着说不出话，王珂继续说道："你们如果觉得还有问题，可以继续住院，但是住院费别想不交。这是不可能的！"然后就接着电话出了会客室。

两个人蒙了，原本的叫嚣撒泼的伎俩都没法施展，在这里人家根本就不吃这套。

王珂打电话给梁楠："梁教授，这两人的事情不是还好嘛？！干嘛来医务科呀？！"

"对呀，王科长，我们也觉得很奇怪，都没什么事情，就一个劲儿地闹。"梁楠说道。

王珂接着说道："哦，这种我见得多了，无非就是闹一闹，想赔点钱之类的。你不用理，我跟他们说了，如果觉得不舒服可以继续住院检查，住院费必须交。"

梁楠听王珂的话，特别暖心："谢谢王科长，谢谢，感谢你的支持，这种歪风邪气是不能助长！"

"嗯，好的，我还有两个会要开，如果有问题，再跟我联系好了！"说完王珂就忙着挂了电话。

确实医务科是很忙的，各种大事小事要落实。

后来？后来怎么样了？

后来，隔天，两人就办了出院手续，扬言要去法院，可后来就再也没有后来了。

想想也是，总不能输了事情，还输了面子，总要说几句再走的。

确实，现在医院里，这种"小医闹"得到了有效的控制，以前曾经一度到了"不闹肯定没钱，闹闹可能有钱"的地步。有些医院还规定"零投诉"，有投诉就扣钱，这让一些医护人员受了很多委屈。现在是只要"闹"，就是不合理的，都是有正当途径可以申述的。一旦扰乱医疗秩序，就先控制再说，然后就事论事讨论方案，绝不为了

"维稳"而随意赔钱。因此，现在这样的歪风邪气也少了很多。

而且不得不说一句，理解和支持医务人员者占绝大部分。医疗环境在逐渐好转。

说说"拉肚子"

何金苜可以开始独立上门诊了，梁楠对他的叮嘱是一定要仔细，不要漏诊。

今天是何金苜第一天上门诊，因为普通门诊诊室已经坐满了，不得已，导医护士安排把其中一个"专家门诊"的牌子换成了"普通门诊"，做为何金苜的诊室。何金苜心里想着，总有一天，我就不用换这块牌子。

第一个病人是位青年女性，25 岁，名叫司徒美丽。

"医生，我拉肚子好久了。"

"哦，拉肚子呀。一天拉几次呀？"

"一天 3 次！"

"3次怎么叫拉肚子呢？你知道**腹泻**[1]的定义吗？"

"这个我不知道，反正网上说老是拉肚子对身体不好，什么菌群紊乱，我就担心了。这几天感觉吃凉的就容易拉肚子，有时候还有不成形的大便，心里就没底了，所以来看看。要不要配点药或者挂点盐水？"司徒美丽紧张地说道。

何金昔说："你是不是太紧张了呀，还有别的症状吗？"

美丽说道："没有了，就拉肚子，也不发烧，就偶尔有肚脐周围疼痛，反正工作以来就容易这样的。"

这句"工作以来就这样"提醒了何金昔，小何问道："你平时加班多吗？劳累吗？"

美丽说道："累倒是不累，就是压力很大，办公室里好多人天天勾心斗角，很压抑，我这种刚大学毕业出来的，觉得好难混。"

 张教授说

1 **腹泻（拉肚子）**：正常人排便次数为每周3次至每天3次，粪便含水量为60%～80%，粪便量一般少于200克/天。当粪便的硬度降低（含水量超过85%），且排便次数超过每天3次，排便量超过200克/天，则认为是腹泻。如果病情为突发性而且病程2～3周以内为急性腹泻；当腹泻超过3～6周或者反复发作，称为慢性腹泻。

"嗯，我觉得你可能需要考虑一种疾病叫 IBS[1]"何金苜解释道。

"IBS？"

"嗯对，IBS 叫肠易激综合征，你的症状和年龄都比较符合。如果是这个病，不要有思想负担，这种病是良性的。当然如果你不放心，可以做肠镜检查下，排除其他原因。"

"肠镜呀？"司徒美丽有点害羞，想想自己一个女孩子，脱了裤子给别人看，这个太难为情了，"肠镜还是不做了吧。"

"哦，可以的，那我今天给你用点对症的药物，平时工作不要太累，思想负担重是很容易导致这个疾病加重的，并且要避免吃生冷的、辛辣的食物以及避免饮用酒精、咖啡、浓茶、牛奶之类的饮品，然后按照医嘱吃药就行了。"何金苜耐心地说道。

"嗯，好的，我回去试试看，医生请问你是周几门诊？我以后有问题再来问你吧。你好耐心呀。"司徒美丽的话，让何金苜有点欣喜，没想到自己"开张"接待的第一个病人，就成

 张教授说

1 IBS（**肠易激综合征**）：是临床上常见的功能性胃肠病之一，以慢性反复的腹痛和腹部不适为主要特征，往往伴有排便习惯的改变，临床要确诊很难。发病率为 9%～12%，以青年女性为多发，导致疾病的原因很多。

了自己的"粉丝"。于是说道："没事的，我们门诊是每周的今天。我可以给你加微信，你有不明白的事可以私下问我。"

紧接着，2号病人来了，申屠薇薇，女性，32岁。

"医生，我也拉肚子。"薇薇焦急地说道。

"嚯，今天病人都拉肚子吗？名字还都是四个字的。"何金苔打趣道。

"医生，我会不会是肠易激综合征呀？！我看朋友圈科普文章知道的，我工作压力大，拉肚子，一天大便很多次。"

"哦？你怎么个多法呀，跟我说说。"

"我是每天大便都不好，有时候多的时候十几次，少的时候一周就二次，反反复复好多年了。反正有时候要止泻，有时候要通便。今天是拉肚子厉害了，我来配药。"薇薇描述道。

何金苔一听着感觉不大对，问道："你的大便什么样子呀？"

"大便么，都是烂的，糊状的，有时候还有点血丝。"薇薇不以为意地说道。

"有别的症状么？比如体重有下降吗？"

"嗯，有呀，大概轻了10斤了。反正我也在锻炼的，应该是锻炼导致的。还有就是最近不知道怎么了，医生说我肛裂了，反反复复看都好不了。我今天一会儿还要去外科换药。"薇薇越说越觉得自己可怜。

何金苜思考了一下说："你做过肠镜吗？"

"没有，那个太痛苦了，我不做！"薇薇拒绝了。

何金苜坚持道："你一定要做，一定要明确病因。"

申屠薇薇问道："什么病？IBS 么？"

"不，可能是 IBD[1]！"

"IBD？我的比 IBS 升级啦？"薇薇打趣道。

"不不不，这完全是两个疾病，IBD 是炎症性肠病的缩写，你现在的情况要排除 IBD 里面的其中一种疾病，叫**克罗恩病**[2]！"

薇薇还是不能理解，"这是个啥，听着好像很高端呀？呵呵。"看着何医生越来越严肃了，薇薇觉得或许有点不妙了，

 张教授说

1 IBD（**炎症性肠病**）：溃疡性结肠炎和克罗恩病，发病机制不明，肠道黏膜局部或广泛受损，也是近年来消化科研究的热点。治疗药物很多，但很难取得确切疗效，IBD 也是消化科医生难对付的疾病之一。

2 **克罗恩病**（Crohn 病）：是一种病因尚不十分明确的胃肠道慢性肉芽肿性疾病，主要是在大肠和小肠发病，也可以波及整个消化道，临床上以腹痛、腹泻、体重下降、瘘管形成（肠子和外界相同）或肠梗阻为特点，还可伴有全身表现，如关节炎、口腔黏膜受损等。总结来说，就是肠子的一种慢性炎症疾病，并非我们通常理解的炎症就是细菌感染那么简单，病因难以明确，治疗药物有几种，效果需要慢慢尝试，属于难治性疾病。

自己脸上的笑容也渐渐消失了。

"嗯，这是一个比较麻烦的疾病，当然暂时还不能确诊，你先做个肠镜看看吧。"

薇薇看着何金苴那么认真，只能乖乖听着。肠镜预约在一个礼拜之后，是做无痛肠镜。护士给她做了术前宣教后，薇薇就回去了。

这位我们稍后再说。

3 号病人来了，捂着个肚子，哎呦哎呦地叫着。

这是一个年轻小伙子，叫毛强。他满口烟渍，嘴唇干得快裂了，黑眼圈凹进去了。

"医生快给我看看吧，我肚子痛死了，拉死了。"

没办法，这个季节没有开放"肠道门诊"，拉肚子的都是到消化科门诊看病。

何金苴看着这架势一定是拉了不少次了，问道："怎么啦？小伙子，吃坏什么了吗？"

"医生，你也这么觉得呀，我也觉得昨晚的夜宵，那生蚝不新鲜，哎呦呦。"毛强愤怒地说道，"老子一定要去砸了那个店！"

"你别心急，跟我说说拉出来的是什么？"

毛强一听："啊？医生你傻呀，拉出来的当然是大便啦。"

"哎呀，我是问，大便怎么样的？"

"哦，哎呦，全是水了，一开始还有点大便样子的，后

来就全是水了，我现在感觉再拉，我的肠子都要拉出来了。医生你赶紧给我挂盐水吧。"毛强脾气不好，年纪不大，社会上混了很多年，工作也没个稳定，东家做做西家做做。昨晚和朋友喝酒吃夜宵，有个老乡混得不错，就请到街边吃烧烤。毛强吃生蚝喜欢全生的吃，吃完回去还没事，到了凌晨两点钟，梦中惊醒。他的说法是，做梦也在找厕所，幸好肚子痛起来醒过来了。要不然在梦里把厕所找到了，后果真不敢想象。这一来就一发不可收拾呀，到早上 7 点，5 个小时，基本就没有睡过。在卫生间蹲下就几乎没起来，腿都麻了。

他一早到了急诊科，急诊医生看着病人能跑能跳的，也没发热，又看着这小伙子脾气好冲，就说没急诊指征，就叫他看普通门诊。这么的，他就到了何金苢这里。

"先化验个血吧。"何金苢说道。

"大哥，你别耍我了，现在还抽什么血呀，我都拉成这样了，血都没了，你就直接给我挂盐水吧。"毛强只能这样哀求何金苢，因为实在是没有力气抗争了。

何金苢说道："你别急，不差那么一会儿，你先化验个血看看，不一定要挂盐水的。而且，要挂盐水也只能在急诊进行，或者收入院才行。我这里是门诊，不能挂盐水。"

毛强一听就火了："你们搞什么呀，急诊要我来门诊，门诊又要我去急诊。你们医院拿不拿病人当人呀，我都拉成这样了，还让我来回跑。"

何金苷也拿出初出牛犊不怕虎的架势："你想干嘛呀，我跟你好好说不听。如果你的血指标都好的话，是不用输液的，吃吃药就行了。现在都没给你化验过就随便输液，那我不是乱开药啦，你是要砸我饭碗呀！至于急诊还是住院，还是直接开药回去吃，那不是需要客观指标吗？！"何金苷心想着，一个年轻人，怎么那么弄不灵清的，还需要解释那么多。

"行！老子听你的，要是化验血，还是说不出个所以然来，你看我怎么弄你！"毛强说道。

"来，门口保安进来一下！"何金苷立马就站起来叫了保安。

毛强一看，这架势不对呀，忙说："你要干嘛？"

何金苷也有点脾气了，说道："你要干嘛，你要威胁我吗？"

"嗯？！"毛强有点蒙了。

"我跟你说，我是个医生，你是个病人，我会尽我一切力量给你看病，这是我的职业，我的工作。你要尽量配合，把你的情况表达清楚。我会用我觉得最合适的方式，给你最合适的治疗。但是，你不能威胁我，不能侮辱我的职业，侮辱医学。如果你觉得我们这里水平不够好，或者说觉得我水平不够好，你完全可以更换其他医生给你看，或换家医院去看。你现在还要不要看？"何金苷这几句话，让周围的病人都惊呆

了，刚才他还微笑着看病，一下子就"爆炸"了。

"不，不，医生你别生气，来来来坐下来，我没有别的意思，我只是口头禅，口头禅，你别上心。你说怎么办，就怎么办。我相信你，别生气。"毛强马上怂了。

周围病人也劝说，犯不着。

其实何金苕是看了最近有几位医生被病人捅伤的新闻，对此耿耿于怀。心想着医生无眠不休地为病人服务，怎么会有这样的事情呢。然后正巧碰到一个"不讲理"的，自然就爆发了。话说回来，也可能是何金苕见的病人太少了，自己脾气也兜不住，双方针尖对麦芒，杠上了。

毛强拿着单子去抽血了，何金苕叮嘱他，结果全部出来之后再来找他，然后要他多喝**盐开水**[1]。也不知道他有没有听到，拿着单子就走了。

4 号病人来了，钱生根，78 岁，骨瘦如柴。

 张教授说

1 **盐开水**：是一类饮品的统称，在大量腹泻之后，特别是急性腹泻之后，人体会大量丢失电解质（人体细胞层面的物质，是人体的基本组成部分），人体会出现乏力、恶心、头晕的一系列症状，电解质和心脏等重要脏器的代谢有关，电解质缺失严重者会危及生命。因此，及时通过自己的消化道补充电解质和水分，是十分合理有效的，值得推荐。

"老人家，你怎么不舒服来医院呀？"何金苷问道。

"啊？你说什么啊？"老人家听不见，摇摇头。

旁边老人的女婿范治，忙说："医生，你别介意，我老岳父，耳背，我跟你说吧。"

范治说道："我老岳父，大概是过年之后吧，就慢慢开始拉肚子了。我们村卫生室，给配了点**黄连素**[1]，吃了几次，就好了。反正也没当回事，后来就慢慢加重了。我岳父吃饭也少了，脾气也大了。我们送到镇医院去看，挂了三天盐水，没有什么效果，再到我们县医院住院挂了盐水，还做了肠镜，你看看肠镜报告。"说着就把病历报告递过来了，很厚一叠，然后接着说道："反正，还是不见好，县医院也说不出个所以然来，我们觉得不对了，我岳父也越来越瘦了，听村里人说，你们这里好，就来这里了。"

虽说山里出来的，表达能力是很棒的。

👤 **张教授说**

1 **黄连素：**一种常见的止泻药，而其实是一种抗菌药物，叫盐酸小檗碱，主要用于肠道感染、腹泻等，广泛应用于日常生活，以前药店都可以买到，很多老百姓的心中"拉肚子吃黄连素"的观念根深蒂固，这个药确实也对很多病人特别有效，但是大量或者长期服用会导致肠道菌群紊乱等并发症。

何金苜看着肠镜图片，嘴里念道："哦，**伪膜性肠炎**[1]呀！"

"什么？什么肠炎？"范治问道。

"哦，没什么，可能你也不能理解。"何金苜说道，"哦，这样吧，病人年纪很大了，腹泻了一个多月，我看看我们病区还有没有床位，就给他收住院，慢慢检查治疗吧。你觉得呢？"

"好的呀，好的呀，我们也是过来住院的，我们住院的东西都带来了，希望你们能帮我岳父看看好，年纪大了，可禁不起这样拉肚子呀。我们一家人不安宁，轮流陪夜一个多月了，我们也都有老婆孩子的。"范治很开心何金苜能帮着联系床位。

还好今天病区出院的多，钱生根被顺利收进了病房。

看了几个病人之后，毛强回来了，拿着化验单，好像比刚才有力气多了，走路也有劲儿了，可能是喝了点电解质饮料的缘故吧。

"我看看。"何金苜接过化验单，仔细看了一遍，说道，

 张教授说

1 **伪膜性肠炎**：是一种急性结肠黏膜炎症坏死性病变，多由难辨梭状芽胞杆菌外毒素导致，和抗生素应用有关，又被称为抗生素相关性腹泻。本病要确诊需要查难辨梭状芽胞杆菌，阳性率不高，难以确诊，如果临床症状符合，可以先治疗看治疗反应。

"你看看，指标都正常的，也没有很严重的感染。不需要输液！"

"那我怎么办呀？我这么拉可不是个事呀！"毛强有点焦虑地问道。

"别着急，这个不难，我给你开点药吧。你这次考虑是**急性胃肠炎**[1]，当然主要问题在于肠道，感染首先考虑。目前你如果腹泻还是有，只要你能承受，是可以继续拉的。不过要同时补充电解质，你可以多喝盐开水，或者一些橙汁之类的饮料。我会给你开一点儿轻度的止泻药，冲水喝的，还有水果口味的，只要回去吃一天就可以了，观察下情况，如果好转就停药，多吃对身体不好，然后再给你点益生菌就行了。请你注意，这几天饮食要清淡，别太油腻，别吃刺激性大的食物，别喝酒抽烟。你可以办到吗？"

 张教授说

1 **急性胃肠炎：**是指主要由细菌、病毒、寄生虫感染或其他因素引起的胃肠道急性炎症性改变，主要表现为腹痛腹泻、呕吐，有些伴有发热。严重者需禁食、补液，需要纠正电解质紊乱，没有感染迹象可不给予抗生素，首选口服药物治疗，并加对症治疗，观察病情，因此不要一到医院就吵着要医生挂盐水，这是不正确的，挂盐水好得快的观念，在这类疾病也是行不通的。对于考虑感染性腹泻的病人，不要马上使用止泻药物，会加重病情的。

"我可以，我一定控制我自己，这次差点就死过去了，谢谢医生。"然后毛强微笑道，"刚才是我不好意思，我口头禅要改改，让你生气了，对不起。"

"没事，说过就过去了。"何金苣也笑笑说，"那你回去好好吃药喝水，还有什么问题，再到医院来找我，希望是不用来了，去药房拿药吃吧。"

上午门诊结束，何金苣回到病房，查看刚收入院的老年病人钱生根。这个时候他的化验结果已经出来了，白蛋白很低，也有感染迹象。晚上梁楠教授查房，看着这个骨瘦如柴的病人，大声地问道："你跟谁住呀？老伴呢？"

老人家听到了："早走了，我现在跟5个女儿住，轮流的，每个女儿3个月。"

"哎！"梁楠说道，"女儿多又怎么样，这么多女儿就养一个父亲，都养得这种营养状况，还天天说多么孝顺，仁者见仁吧。"

梁楠接着问："小何，你觉得这个病人收住院的意义是什么？诊断是怎么考虑的呢？"

这样的提问好像很熟悉，这是何金苣在读研期间，梁楠提问过的。好难得梁楠继续这样提问，何金苣觉得很亲切，回答道："这个人，当时觉得他那么瘦，肠镜图片高度怀疑伪膜性肠炎，还要排除肿瘤，就收进来了。"

"嗯，好的，这个病怎么诊断，怎么治疗？"

何金苔又描述了诊断标准和治疗原则，显然梁楠很满意，毕竟这个病不是常见病。

金苔问道："梁老师，这个病人，可以直接用诊断性治疗吗？"

"我觉得可以，明天就上吧。"

一周过去了，钱生根的腹泻慢慢减少了，胃口也大了起来，毕竟以前在地里干活的时候一顿能吃 5 个馒头，现在看上去比刚入院的情况明显好多了。家属来跟医生商量可不可以出院了，表示家里要没钱了，关键是照顾病人的人要上班，耗不起。梁楠答应他，如果明天没腹泻，血化验好的话，可以批准出院。

今天是做胃肠镜的日子，申屠薇薇来做肠镜。

薇薇来看到何金苔就说道："何医生，这个泻药太猛了，我的屁股（肛门）还是破的呀、痛的呀，还不能用纸巾直接擦，真是要命呀。你可一定要给我看仔细呀。"

"好的好的，放心放心。"何金苔满口答应。

申屠薇薇被麻醉后，何金苔就叫梁楠，"梁老师，这个病人我怕吃不消，要麻烦您来做。"

"你都还没做，就说吃不消呀。"

"嗯，真吃不消，这个人我怀疑克罗恩病的，我担心肠子太脆，会穿孔！"

"嗯好的，我把手上这个做完就过去。"

何金苣把肠镜设备都准备就绪，等着梁老师来操作。

梁楠过来，一掀开申屠薇薇的肠镜裤子，"我的妈呀！这屁股！"

医务人员都围过来看了下，"都开了花了，这肛裂也太厉害了。"

梁楠认真地做完肛门指检，然后将肠镜慢慢插入肛门，开始检查。没几分钟就发现肠道黏膜增生溃疡，而且肠镜已经没法继续前进了。肠腔已经狭窄得很严重了，再继续进镜，可能有穿孔的风险，所以梁楠决定就在溃疡和增生明显地方取活检。

何金苣是一个小伙子，拼劲十足，就感觉要朝着目标进行到底，因此，这个病人要是他操作，很有可能还会继续前进，当然也很可能现在已经穿孔了。专家就是在尺度把握上有着独到的见解。因此，一个医生成熟与否，不单单是看技术有多高深，而且还要看是否在该放弃的时候放弃，这才是大家。

这一点，何金苣还要学很多年，甚至学一辈子。

几天后，病理检查结果出来了，证实是"克罗恩病"。

何金苣沾沾自喜地看着病理检查结果，同时也后怕，万一在门诊漏了，那该多可惜，多可怕。

一早查房，梁楠问申屠薇薇："薇薇呀，你的肛裂一直不好，你为什么不去看医生啊？"

"看了呀，医生，我看了快半年了，反正天天换药，为此，我男朋友也跟我分手了。"薇薇诉苦道。

"根据你的肠镜表现以及病理检查结果，再结合你的临床表现，目前我们诊断你得的是一个叫'克罗恩病'的疾病，可能需要长期治疗一段时间。首先我们会给你用口服药物，如果效果不佳，我们会给你用生物制剂。而你现在的肛裂一直不好，其实是肛瘘，是克罗恩病的一种并发症。你要有信心，这个病虽然病程很长，但是好好治疗，会有一个好的结果。"梁楠教授耐心解释道。

"嗯，好的，医生我听你们的，我想问问，这个病会传染么？通过什么途径传染？"

"不会的，放心吧！"旁边的何金苴脱口而出。

梁楠解释道："应该说，就目前的研究表明，这个病没有传染性，因为世界上对这个病的认识和理解，我觉得还是不够透彻的，因此，不能肯定地下结论，但是目前认为是没有传染性的，放心吧。"

何金苴才意识到，自己刚才回答得太轻率了。

梁楠说道："你先吃 3 个月的药，我们再复查肠镜，到时候再调整治疗方案。"

后来薇薇来复查肠镜，比之前好多了，肛裂也明显好转

了，但是恢复的速度太慢了，而且有病情反复的倾向。最后梁楠教授还是尝试给用了生物制剂治疗，半年后收到了很满意的效果。不过，生物制剂的治疗费用也是不低的。

引起的腹泻疾病有很多，腹泻只是疾病的一个表象而已，我们不能拉肚子就看看广告到药店随便买点止泻药吃，这是不推荐的。建议腹泻的病人要到正规医疗机构检查治疗，同时一旦有大量腹泻，第一件事情就是要补充电解质，不然体能会明显下降。也不能自己随便吃抗生素，尤其是老年人，一定切记。

胆囊结石常见，重症胰腺炎呢？
再加上是个孕妇呢

现在二胎越来越多，孕妇胰腺炎也越来越多了，这不，梁楠就碰到一位。

病人是一位二胎妈妈，45岁了，说想给儿子生个妹妹，就"响应号召"准备怀二胎，孕前做了各种检查，查出来胆囊结石，也不痛、不难受，就没去处理，然后就顺利怀孕了。她曾有过一次流产，也可以理解，毕竟年纪大了，身体条件肯定没有年轻时那么好了。

这位叫胡琳琳的病人，一天夜里，突然肚子疼得要命，腰背也痛。她本以为自己一米五，150斤的体型，是怀孕后导致的腰肌劳损。隐隐痛了几天，可是这天突然剧烈地疼痛，她知道事情不对了，也不像是要生了，就急着来了急诊室。

这天是肖力值班，看到孕妇肚子痛，就同时请了产科会诊，验了很多血，做了B超。虽说要排除胰腺炎最好的检查

是 CT，可是一般不推荐孕妇做 CT 的。检查结果是**血淀粉酶**[1]高，B 超提示胰腺炎、胆囊炎、胆囊结石、**胆总管结石**[2]。产科会诊说孩子现在 35 周，蛮好的，如果疾病严重可以考虑先剖宫产。

经过会诊，病人被收到了梁楠教授的病区里。

 张教授说

1 血淀粉酶： 一般我们通常听到的淀粉酶有两种，一种是血淀粉酶，一种是尿淀粉酶，当然我们还听说过唾液淀粉酶，唾液淀粉酶是不能用来判断胰腺炎的。血淀粉酶和尿淀粉酶在胰腺炎不同的时间点会到达高峰，因此医生会根据检查时机选择检查方式。当然淀粉酶高，也不一定就是胰腺炎，有时候腮腺炎同样会有很高的淀粉酶值。至于如何判断，交给专业医生就可以了。

2 胆总管结石： 是胆结石的一种，只是位置不一样了，一般我们说的胆结石，都是胆囊结石，在胆囊的袋子里，很多有胆囊结石的人都不痛，也不难受。可是胆总管结石就不一样了，结石卡在胆汁流出道上，自然就会引起疼痛，如果梗阻得很厉害，还会出现黄疸，感染了还会发热，经常是痛得很厉害来医院的。胆总管结石怎么来的？大部分是胆囊里掉出来的，或者是肝内胆管结石顺着胆汁淤堵到这里的。因为胆管和胰管是一起开口进入肠道的，那么出口堵住了，就容易导致胆汁逆流进入胰腺，就发生胰腺炎了，这就是中国人最常见的胰腺炎发作原因，称为胆源性胰腺炎。怎么治疗？早些年，毫无疑问就是开刀了，把胆管切开取出结石，创伤是大的，现在通过十二指肠镜做 ERCP 手术就能让胆总管结石得到很好的治疗，是胆总管结石治疗的第一选择方案。

　　病人虽然一波接着一波，没有停歇，而何金苜的第一个病人却让他慢慢地开始改变自己。科室同事觉得最近小何喜欢打扮了，头发也慢慢"变硬"了。让他改变的人，就是司徒美丽。

　　原来，那次加了微信之后，司徒时不时就会发信息给何金苜，对要不要加药呀之类的进行咨询。何金苜越来越会安排自己的时间了，上班的时候井井有条，有时间就回复司徒的信息。肠易激综合征（IBS）这个病心理治疗是有价值的，因此何金苜一开始是本着心理疏导的目的和司徒聊聊家长里短的事情、工作压力之类的，而司徒独自一人在这个城市打拼，无依无靠，突然间有一个专业人士能经常回复她的问题，感觉十分暖心。两人一来二去就聊在了一起，慢慢地，两人开始了一段甜蜜的感情。当然，有一点是何金苜自己都没有注意的，其实，司徒和魏轩的眼睛长得特别像。

　　司徒的疾病也基本治愈了，这天，司徒来等何金苜下班，却看到胡琳琳的老公。原来胡琳琳的老公正是司徒前男友的死党，以前经常一起玩。这下尴尬了，因为司徒和何金苜说自己是没有谈过恋爱的，但事实上，司徒和男朋友同居过半年，这让何金苜知道的话，肯定后果不堪设想。司徒害怕失去这么好的男朋友，就想避开胡琳琳的老公，但越是想避开就越避不开。

何金苴一看司徒来了，就招呼说："等等，我交代完个事情就走。"而交代对象，就是胡琳琳的丈夫，他一下就看到了司徒。

"嗨，好久不见，怎么在这里遇到你？"

"嗯？哦！嗯！是呀，我来找朋友。"司徒说着就想就此结束对话。

何金苴对司徒很温柔地说道："你们认识呀？"

"嗯，我们可熟悉了，以前……"正要往下说，司徒马上使眼色打断道："嗯，嗯，以前一起合作过。"

突如其来的这么一句话，让胡琳琳的老公领会了，他马上搭腔说道："嗯，对对，合作过，上次的项目很成功。"

司徒就拉着何金苴走了。

"你们以前在哪里合作过呀？"何金苴好奇地边走边问。

"哎呀，没什么啦，就是参与过一个小项目而已，吃过几次饭罢了。你别放心上。这个人来看病呀？"司徒扯开话题。

"不是这个人，是他老婆。"何金苴回答道。

"他有老婆？！呵呵。"

"怎么了？"

"他也能娶到老婆，呵呵！"司徒有点蔑视地笑笑。

"啊？这里还有故事吗？"

"哦，没有没有，我随便说说的。"司徒显然不想说更多关于这个人的事情，慢慢两人就不再聊这个人了。

司徒不愿意说很多的原因是，其实和这个人也有一段不可描述的过往，最后是不欢而散的。司徒也不想何金苜有所顾虑，也担心会有什么不愿意看到的后果。因此，在后来的很长一段时间里，司徒都没再来医院等何金苜下班。

第二天，科室就对胡琳琳进行了**多学科会诊**[1]，邀请了产科、新生儿、麻醉科、消化科、重症监护室等多位专家制订治疗方案，主要围绕"现在是否剖宫产"进行讨论。

现在胡琳琳的情况是：胰腺炎诊断明确，首先考虑胆管结石导致胰腺炎，医学上称为"**胆源性胰腺炎**[2]"，程度上考虑

 张教授说

1 **多学科会诊**：这是目前医院里比较流行的、比较科学的一种诊断模式，打破"一家之言"，将针对患者病情的相关科室专家教授请到一起，讨论针对该患者疾病现阶段的诊疗方案，对患者来说是获益的。比如胆胰联合门诊，就是针对胆道胰腺的疾病进行多学科会诊，制定诊疗方案。

2 **胆源性胰腺炎**：胰腺炎根据发病原因分为多种，比如血脂高导致的胰腺炎称为高脂性胰腺炎，药物导致的胰腺炎称为药物性胰腺炎，自身免疫疾病导致的胰腺炎称为自身免疫性胰腺炎，老外最多见的是酒精引起的胰腺炎称为酒精性胰腺炎，中国人最多见的是胆管结石而引起的胰腺炎称为胆源性胰腺炎。

重症胰腺炎[1]。目前患者为 35 周孕妇，具备早期剖宫产手术条件，但是早产对胎儿的生长发育有一定的影响，而胰腺炎对母体的损伤也大，也会影响胎儿的生长发育，并且不得不考虑的是，很多药不能给孕妇用！

医生已江郎才尽，家属则焦虑万分！

相信这是经常见到的画面，医生怕出现不可预料的风险。哪怕是万分之一的不良后果出现了，家属和病人的感觉肯定是不好的，大部分病人能理解这种情况，少部分病人会"咬着不放"，医生就会十分被动。患方的焦虑在于，对疾病也不了解，对药物也不了解，还要花费昂贵的医疗费用，有一种"看好是运，看不好是命"的感觉，十分无助。

这个时候，或许医生要做的是首先给出最佳的治疗方

 张教授说

1 **重症胰腺炎：** 根据胰腺炎的病情严重程度，我们将胰腺炎分为轻、中、重三度。重症患者往往有并发症，治疗周期也很长，往往要经历两周的急性反应期，患者会出现严重腹痛，甚至呼吸困难。急性反应期之后就是约两个月的感染期，患者反复出现感染，特别是胆源性胰腺炎。再往后是愈合期，病程有些会持续半年，要看治疗和恢复的情况，因此，重症胰腺炎并不比肿瘤好受，尽早治疗是十分关键的。临床上我们经常碰到胰腺炎被当胃病而延误诊断，也有的患者自行在药店买药吃，甚至 1 个月后才来就诊，错过了最佳治疗时期，十分可惜。

案，同时家属和医生都"勇敢"一点儿，都给彼此一点儿信心，多一点儿担当，"有事一起扛"！

因此医疗团队和家属反复沟通之后，认为现在剖与不剖，都是可以的，两者均有风险，没有绝对依据支持哪个更有优势，最终家属决定保守治疗，如果孕妇出现病情加重，再剖宫产。胆管引流目前可以做。

一个新问题就出现了，孕妇**胰腺炎 ERCP**[1] 怎么做?

ERCP 是要在 X 线透视下进行的，医生、护士在操作的时候都是要穿铅衣的。那孕妇怎么办，关键是有个胎儿呀！

梁楠教授和科主任李奕名教授商量了下，给出两套方案：

一是通过**超声内镜**[2] 明确结石后做胆管引流。

 张教授说

1 **胰腺炎做 ERCP**: ERCP 最常见的并发症就是胰腺炎，那么已经胰腺炎了，怎么还要做 ERCP 呢，那是因为如果患者考虑是胆源性的，导致胰腺炎的病因未解除，胰腺炎恢复程度就很慢，因此近年的权威文献都推荐有条件做引流的，尽量早期 ERCP 胆管引流。

2 **超声内镜（EUS）**: 我们可以理解为在消化内镜的头端装了一个 B 超探头，B 超最怕气体干扰，因此体表 B 超很难清晰地看清在胃后方的胆胰组织（因为胃里通常都有气体），所以在消化道里进行超声检查就很好地避免了这个缺点，从而大大提高诊断精确度，在此基础上还可以进行治疗，因为超声波对孕妇目前认为是安全的，所以可以进行超声引导下的胆管引流治疗。

　　二是超声内镜明确后，尝试通过**胆管子母镜**[1]进行胆管引流。

　　这两种方式均不使用射线，且两者的操作难度都很大。医生没有射线的辅助，完全靠手感和经验进行。最后，家属选择了第一种方式进行，因为他们相信这家医院的技术。

　　在 ERCP 方面，梁楠教授是很有自信的，超声内镜也是她的拿手好戏。为了确保孕妇和胎儿的安全，在进行这台 ERCP 时，产科处于随时待命状态，一旦胎儿出现问题，可及时进行剖宫产；新生儿科也专门腾出床位，以便孩子生出之后的妥善处置。

　　一切准备就绪，准备手术。

　　手术前，要再次确认患者的基本情况，何金苜顺口问了句："你吃饭了吗？"

　　"没吃！"胡琳琳的老公爽快地回答道。

 张教授说

1 **胆管子母镜（Spyglass 系统）**：很多人认为，我们可以通过一根胃镜插到胃里进行检查已经很先进了，其实近几年内镜技术日新月异，现在可以在十二指肠镜（类似胃镜的内镜）到十二指肠后，再通过十二指肠镜的孔道插入一根胆管子镜，直接进入胆管进行检查，胆管直径只有0.6～0.8cm，可以想象下，这根内镜有多细，虽然成像没有胃镜清晰，但是能直视病灶对疾病的诊断和治疗是十分有利的，当然价格确实也是比较昂贵。

梁楠在一旁笑着说道："小何，你不能这么问，你要问吃东西、喝水了吗？"

小何不解，问梁楠。

梁楠说道："我们就碰到过这样的病人，就跟他说'你不要吃饭'，第二天吃了碗面条来做胃镜。"

何金苷笑道："哈哈，还有这样的病人吗？！"

旁边的胡琳琳和她老公面面相觑，用很慢的语速说道："面条不能吃呀？！"

梁楠和小何惊呆了！梁楠问道："你吃了面条？！啊？！"

胡琳琳在一旁说道："我就说不能吃嘛，你偏说可以吃！"

她老公怼道："哪能不吃饭呀，不吃不是饿死了吗，他们说不能吃饭，那就吃面条呀！"

何金苷问道："护士没跟你说'禁食'吗？"

"说了呀，要我'进食'，所以我们在想吃什么呀，饭不能吃么，只能吃面条了，她又不爱喝粥！"

这一连串的对话，让梁楠差点崩溃了，这什么"脑子"呀，也怪自己没有把这个细节沟通好。

那没办法了，肯定做不了了！（**进食后不能做胃镜**[1]！）

梁楠赶紧通知各科室"取消待命"！

胡琳琳也为了这个事情跟他老公吵了起来。

胡琳琳越来越气急，都以为她是生气气得，大家也就没有在意，心电监护也显示心跳加快了，大家也没有在意，毕竟谁生气心跳不加快呢。

但是，血氧饱和度怎么下降了呢？

哦，是没有监测好，松动了？不对，不是松动，换了好几个手指夹了下，都是低的，这就有问题了。何金苴发现这个问题后，第一时间和梁楠做了汇报。梁楠的第一反应是，需要排

 张教授说

1 **进食后不能做胃镜**：我们做胃镜或者十二指肠镜，进入口腔的镜子，是必须保证胃里面是干净的，一方面如果有食物医生没法看清楚胃黏膜的情况，做了也白做；另一方面，也是重要的方面，这样会有窒息的风险，因为在做内镜的同时，胃里的食物会反流进入气道导致误吸或者窒息。一般要求禁食至少 4~6 个小时，才可以进行胃镜检查。因此绝对不能出现吃东西做胃镜的事情，除非是医生认为可以的特殊情况。如果是麻醉下胃镜，一般都是要求禁水都要 4 小时以上。

除"**急性呼吸窘迫综合征**[1]"，马上要金苷抽了血进行**血气分析**[2]。结果并不是呼吸衰竭，大家就放心了。

等过了半个小时，胡琳琳好像还是有点气急。梁楠总是感觉不大对劲，但一时又说不出是哪里不对，反正她就是"不舒服"。或许是梁楠的职业直觉，她要求再复查血气分析。这次结果显示"低氧血症"，提示急性呼吸窘迫综合征。梁楠马上叫各科专家会诊，这次重症监护室的教授也到了现场，因为随时可能要气管插管，上呼吸机支持了。

而胡琳琳的老公却觉得，这是不是太兴师动众了，不就是气急一点儿嘛。

事实上，急性呼吸窘迫综合征是一个很危险的信号，因

 张教授说

1 **急性呼吸窘迫综合征（ARDS）：** 这是个专业词汇，我们只需要知道的是，这是急性胰腺炎的严重并发症，会导致呼吸衰竭而死亡，必须积极处理。

2 **血气分析：** 住院期间，我们经常会看到，医生拿个针筒在病人大腿根部或者手腕内侧抽血，很多人纳闷，为什么抽血不是护士抽，而且为什么和护士抽血的地方还不一样，答案是：这是在抽动脉血。血气分析是用来观察人体酸碱代谢状态以及人体微环境十分重要的指标，因此，当医生过来抽血的时候，不要排斥。抽血后，需要长时间按压止血，因为针眼是在动脉上，血管压力比静脉大，不容易止血。

为，患者随时会呼吸衰竭，甚至连孩子都保不住。这就是医院专业的地方，不等到病情加重再补救，而是在之前就预判到，争分夺秒地抢先治疗。

各科专家最终讨论的结果是：先剖宫产，保住孩子；再在重症监护室治疗胰腺炎，病情好转后，做 ERCP。

医生把情况告诉胡琳琳老公的时候，他是不相信的，要这么急吗？要那么早把孩子剖出来吗？

医生怎么说都说不通，但是，孩子要死的呀，孕妇也有生命危险呀。所以，梁楠只能和孕妇胡琳琳本人去说："胡琳琳，你老公我们沟通了，还是拿不定主意，我们只能来听听你的意见了。"

胡琳琳喘着气说道："呼……呼……呼……，梁……主任，你说……"

"你也别心急哦，听我说，你现在是胰腺炎并发症出现了，叫急性呼吸窘迫综合征。这是导致你很气急的原因，这点明确了，我们担心你这个并发症继续加重，到时候孩子和你都会有危险！"梁楠着急地说道。

胡琳琳下意识地摸了下肚子，说道："那……怎么办？"

"你现在就要选择是先把孩子拿出来，然后你到监护室治疗，好起来之后，再做 ERCP。还是继续保守，或者再就冒险去做 ERCP，但后两点现在不是很推荐，就你目前的胰腺炎情况看，估计挺复杂的，前前后后的费用会很高，你要做好准备！"梁楠说道。

胡琳琳看到老公在一旁，很难说出自己的想法，就叫梁楠俯身贴到她跟前，嘱咐道："凡事，保大人！"

这句话让梁楠一下子震惊了一下，这好好的两口子，怎么会是这样的关系呢？或者这也是现在社会部分夫妻关系的一个缩影吧。

梁楠问道："那你是选择先剖出孩子，再去监护室？对吧？这样对你的胰腺炎也有好处。"

"对的！"胡琳琳的眼神很坚定。

她老公就反对了，冲着胡琳琳说道："你这傻娘们儿，医院要赚钱的呀，当然是想你进监护室呀，1天就1万啦！"

胡琳琳显然已经看到了老公"渣"的一面，用最后的力气说道："梁医生！你……别管，钱我……有，字我……自……己……签！"

这样一来，她老公也就不说话了，怂了。

紧接着，就是剖宫产手术了；再然后，就是监护室观

察——一个住进成人 ICU[1]，另一个到了新生儿 ICU。

胡琳琳的妈妈来了，专程过来照顾她。因为胡琳琳对丈夫前几天的言辞实在是太生气了，她甚至想过离婚。

经过连日来的抢救治疗，胡琳琳的状况终于明显好转，也顺利脱离了呼吸机，神志也转清了。按"胆大"的李奕名的性格，这个时候就会把病人转到消化科病房来治疗了。

有人会想，放在监护室不是更安全吗?

其实，并非如此。因为患者身体很弱，又气管插管过，如果在监护室一旦感染，那可真是要命的。其次是李奕名对自己科的综合实力还是很自信的。最后，也是最重要的点，那就是费用问题，这几天下来已经花了几万块了，毕竟胡琳琳的老公这个时候不支持费用了，亦或者说，胡琳琳也不要他的钱。

大概过了两天，终于把病人转到消化科病房，李奕名的科室里病人实在是太多了。

 张教授说

1 ICU：即重症加强护理病房（Intensive Care Unit），又称重症监护室，治疗、护理、康复均可同步进行，是重症病人需要去的病房。

当即就做了个**腹部**CT[1]，来判断下胰腺炎现在的情况。

情况并不乐观——胰腺周围广泛渗出，较前明显增大。

这就意味着胡琳琳可能会在医院住很长一段时间。

胡琳琳的妈妈叫马亚宁，大家都叫她宁姐，年轻的时候经商下海，身价上千万。宁姐最讨厌的就是没有责任感的男人，坚持要女儿离婚，这还是后话。女儿的病，怎么办？

宁姐来问医生："医生，我们家琳琳到底是什么病？怎么越来越严重了？"

何金苷简单地回答道："重症胰腺炎！"

宁姐想不通了："这是个啥病呀，胰腺炎是炎症吗？"

 张教授说

1 腹部CT：CT大家都听说过吧，甚至好多人都做过CT检查。我们可以把CT检查理解为把人体用射线"切成一片片的看"，来鉴别和诊断疾病。在胰腺炎的CT检查中，平扫CT主要是用于判断胰腺炎的渗出面积大小，评估严重程度。如果使用增强CT，那么是需要往病人静脉里打造影剂，做影像对比分析，这主要用于一些肿瘤疾病的鉴别。如果做检查的人有对碘剂或者青霉素过敏，要提前和医生说。需要做哪些检查是医生决定的，不是所谓的"哪个贵，就做哪个"，认为"贵的就是清晰的"之类的理解都不正确，还是听医生吧。我就碰到过一来就要做磁共振的病人，更有甚者，一过来就要求做PET-CT的，这都是自以为是的一厢情愿。漫无目的的检查是没有鉴别诊断价值的，也是一种浪费。

"对呀，是炎症！"

"你们医院怎么搞的，一个炎症看那么久，不是吃点消炎药就好了吗？"

何金苣差点笑出声，想想不对，之前都是跟胡琳琳的老公谈的，自从监护室回来之后，就再也没见过这个人了，现在这个看着像胡琳琳的姐姐，就问道"你是病人的姐姐吗？"

听到这个话，宁姐一下子就开心了："不，不是，我是她妈妈！"

"哎呦喂，你是她妈妈呀！"

宁姐一下子脸红了，心想这小伙子，真会说话呀。

其实何金苣是真不会说话的那种人，但眼前这位风姿绰约的女子，与胡琳琳不仅貌似且年龄相仿，他确实认为这是她姐姐。

宁姐的语气温和了很多："医生，你说这个炎症，怎么就那么麻烦呢？"

何金苣看着女人开始有耐心了，就拿出胆胰解剖结构简易图慢条斯理地说道："你看，这是我们的肝脏，这是我们的胆囊，我们的胆汁就从这个胆总管流下来，进入肠子，而我们的胰管在这里，这个胆总管和胰管的出口是一个，如果这一段堵住了，胆汁是不是逆流到胰管了？"

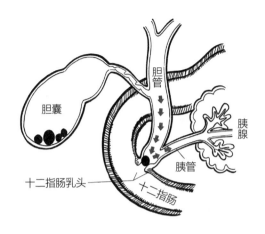

宁姐点点头。

"那就发生胰腺炎了。所以根本问题在于这个堵住的地方，我们需要想办法给它打通。"

宁姐说道："嗯，对呀对呀！那这个需要怎么弄呢？开刀么？"

何金苢继续在图上画线："我们会通过 ERCP 手术把这个堵的地方'疏通'。"

"疏通就好了吗？"宁姐满怀希望地问道。

"不是的，这只是一个病因治疗，胰腺周围已经有炎症渗出很多了，胰腺炎还是要进一步治疗的。接下来，病人会出现发热、腹痛加重的情况，然后我们要等胰腺周围的炎症慢慢吸收。如果只是形成小的囊肿，自己会吸收。但是如果形成脓肿，我们就要想办法穿刺引流，把脓液引流出来！"

“穿刺呀，一个针戳进去吗？”

“对呀！”

“那不是很痛呀！”

“痛？能活命就很好了！”

宁姐一下子愣住了：“啊，要命呀！”

“当然呀，你不知道呀，如果反复感染，胰腺炎控制不好，真的会死人的。她不是去过监护室了吗？谁好好的去监护室呀！”何金苴说道。

“嗯，不是因为孩子才去监护室的吗？”

“对，孩子只是一个方面，胰腺炎会导致呼吸衰竭，导致死亡，反复感染导致死亡，所以这可不是一个‘好病’，不比肿瘤好，关键是要好好治疗，好好控制！”

宁姐听到这里，也有点明白了：“医生，说了这么多还不知道你姓什么，怎么称呼你？”

“哦，我姓何！”

“何医生，我女儿真是要麻烦你了，你们以后有什么情况，就跟我联系吧。我是胡琳琳的妈妈，大家都叫我宁姐，拜托你们了！”宁姐真诚地说道。

“嗯，好的，你放心，我们会尽力的。但是这个病人，真的很严重。你们要做好思想准备的。顺便通知你，明天我们做 ERCP 手术，千万不能吃任何东西，喝水都不允许！”

宁姐点头致意，回去跟胡琳琳解释去了。

司徒美丽给何金苫发微信，要他马上去她家里，"有危险"！

何金苫吓了一跳，马上给她打电话，被按掉了。

何金苫和上级医生请假后，白大褂一脱，就赶去了。司徒美丽的房子就在医院对面，偶尔何金苫也去过，所以熟门熟路。

一到门口，看到的不是别人，而是胡琳琳的老公。一看何金苫来了，他难免显得有点尴尬，问道："何医生，你怎么来了？"

何金苫也纳闷："你住这里吗？"

"哦，不，不，我敲错门了。"胡琳琳的老公尴尬地支吾了几句，转身就赶紧走了。

何金苫敲门进去，看到躲在角落里的司徒美丽，不知道发生了什么事，问道："怎么了？发生了什么？"

司徒美丽没有正面回答，只是问道："门口那个人，有没有跟你说什么？"

何金苫还是摸不着头脑，说道："没有呀，胡琳琳的老公能跟我说什么！他不是你的朋友吗？这都是什么情况？"

司徒美丽支支吾吾，说不出话来。

"你倒是说呀，你这样要吓死我呀。"何金苫有点急了。

"没什么没什么，你就别问了，反正我保证，没什么事情，没有对不起你什么的！"

何金苟听到这样的话，更加放心不下了，什么对不起之类的话都有了。但是司徒美丽一直坚持不肯说，也就不再强求了。

何金苟回到医院，心不在焉，总是在想这到底是怎么回事呢？

直到收到一条莫名的短信："你想知道更多司徒美丽的事情吗？给某某账户汇款 2 000 块。"

这么一来，何金苟肯定知道这事没那么简单，可对他来说，还有什么司徒美丽的事情他不知道呢。他对这条短信根本没什么兴趣，而是对这个发短信的人是谁，很感兴趣，想电话直接打过去，可这也不是何金苟的风格，万一是黑社会怎么办？于是何金苟就按耐住自己，这事儿，就这么压着过去了。

转天，胡琳琳要做 ERCP 了！

胰腺炎的病人，ERCP 的入口——十二指肠乳头往往陷在水肿皱襞中，很难找到，故很难插管成功，而且很容易发生十二指肠穿孔，这是临床上常遇到的复杂病情。因此梁楠在操作的时候十分小心，在术前也做了很多准备。经过小心翼翼的操作，梁楠终于找到了十二指肠乳头，并插管成功。随即做了

ENBD[1]，放了个鼻胆管，引流出来都是脓性胆汁，闻起来有一股腥臭味。胡琳琳术后回来说有点肚子痛，梁楠告诉她，有点痛是正常的，这是胆管内壁的刺激以及胰腺再次被刺激的表现，如果持续疼痛加剧，要跟医生说，需要排除穿孔。

　　大概第二天，胡琳琳就不觉得疼了。但胆汁还是很黑，做了胆汁培养，后来的结果是胆汁里大量的"**肺炎克雷伯菌[2]**"

 张教授说

1 ENBD：在消化科病房，我们经常会看到病人鼻子里有一根蓝色管子，长长的，外面还接了一个袋子，里面的液体有的黑，有的黄，这就是 ENBD，全称是"内镜下鼻胆管引流术"。顾名思义，这是一根从鼻腔下到胆管的管子，引流出来的液体当然就是胆汁啦，或许里面还有很多细菌。也可以以此观察胆汁性状而判断疾病进展程度，是十分实用的内镜技术。

2 肺炎克雷伯菌：在健康人的呼吸道和肠道正常菌群中、自然界水和谷物中均能发现克雷伯菌，也就是说，这是一种原本没有致病力的细菌，但是在患者免疫力下降或在特定的位置里会致病。我们的胆管里面，理论上是无菌的，但是在胆总管结石或胆道逆行感染等情况下就会出现感染，也就是所谓的"胆管炎"。细菌是在变异的，会出现耐药，医生可以根据药物敏感试验结果选择该细菌敏感的抗菌药，有些肺炎克雷伯菌发展到最后会"全耐药"，治疗就很棘手了。

生长，而且敏感的药物不多，庆幸的是**血培养**[1]是阴性的。梁楠教授立即给予敏感的抗生素使用上去，没过几天胡琳琳的高热就控制住了，身体状况也好了很多。

宁姐也开心起来，看到护士也不再是天天态度恶劣了，还会跟护士聊聊天，说说笑笑。

可是好景不长，过了几天胡琳琳又开始发热了，肚子也胀大了好多，大便也拉不出来了。这可不是好的现象，这是因为胰腺渗出后形成了脓肿引起的症状，这也是重症胰腺炎发展的阶段。前面说过，有些胰腺炎的病人会在胰腺周围形成囊肿，而脓肿则不一样。虽然一字之差，脓肿的病人，病情严重了很多，治疗方法也完全不同——囊肿是无菌的，小的可以自

 张教授说

1 **血培养：**正常人体的血液里是无菌的，细菌在里面也无法生长的，因为血液里有大量的白细胞等杀菌因子，容不得细菌生长，但是如果进入血液循环的细菌量大、毒力很强，亦或者人体免疫力极差的时候，血液就成了很好的细菌培养基，后果是十分可怕的，这叫败血症，病死率接近 50%。需要使用对病菌敏感的抗菌药抗感染等综合治疗。血培养的基本作用就是鉴别是否有细菌感染，同时鉴别出的细菌的药物敏感性，指导用药，但是不得不指出的是，培养出细菌需要排除标本污染，如果没有培养出细菌，也不代表没有感染；如果高度怀疑血液中含有细菌，医生会要求反复多次培养。

已吸收；出现了脓肿，说明有细菌感染的存在，脓肿一般无法自行吸收，如果感染继续加重，可能导致细菌入血，发生菌血症、败血症，所以脓肿发生后必须进行抗感染治疗和引流脓液。

问题来了，什么时候引流？用什么方法引流？

这些都是专业问题了，梁楠评估了差不多 10 天的时间，觉得条件成熟了，给胡琳琳做了**超声引导下脓肿引流术** [1]。引流出来的脓液还是一股腥臭味，化验的细菌还是"肺炎克雷伯菌"，好在药物敏感试验显示可以选择的药物很多。

这天，何金苔又接到了短信，说："如果不需要的话，就会把资料放上网。"

他觉得这里面肯定有问题，这次一定要问问清楚，可是消化科实在是太忙了，几个病人家属来咨询问题，就忘记这事儿了。直到梅琴跟他说，要他打个电话给胡琳琳老公，有个什么事情要核实什么的。电话号码拨完的一刹那，他才反应过来，这个号码好熟悉呀，对！不就是发短信的那个号码吗！

这到底是怎么回事？

 张教授说

1 **超声引导下脓肿引流术**：名字已经解释了，对，就是 B 超引导下做脓肿引流，这样可以做精准定位下的穿刺引流。

　　三番四次问司徒美丽都不给一个肯定的答复，何金苔就直接打电话过去。

　　"我知道你是胡琳琳老公，你这是要干嘛？"

　　电话那头不出意外的，正是胡琳琳的老公："嗯，你了解司徒美丽吗？"

　　"这关你什么事情！你要干嘛！"何金苔怒不可遏，他生平最讨厌这种敲诈勒索的小人。

　　那边传来轻蔑的言辞："你想看看司徒美丽的另一面吗？"

　　"什么呀？哪一面呀！"

　　"都是男人，你说哪一面？！"

　　何金苔越听越不对劲，一下子也不知道怎么办，只能保持沉默。

　　那边又传来更加过分的话："司徒美丽，可不是什么好女孩子，你最好远离她！"

　　何金苔实在是听不下去了，就直接挂了电话。

　　到了晚上，小何约司徒美丽出来聊天，可是他自己却一言不发。

　　司徒美丽问道："你今天是怎么了？约我出来聊天，又不说话！"

　　"叮！"

何金苜收到一条彩信，里面是一张照片——司徒美丽一丝不挂的裸照！

这让何金苜手都抖了起来，因为司徒美丽旁边还有一个赤裸裸的男性！

这，这，这是什么情况！

是不是看错了！

这是什么情况！这不是真的，这是什么？

何金苜放下手机，靠倒在沙发座上，一言不发。

司徒美丽接过手机看到照片的一刹那，快要崩溃了！大声哭了出来！

"哇！"

哭得那叫一个伤心呀，司徒美丽说那是几年前，在夜店认识的。没想到，这两个人，一个成了男朋友，但另一个也想得到她，有一次把她灌醉了，就如照片那样。因为这个一直被他勒索，那天找何金苜也是因为这个男人过来勒索。这个男人不要钱，就是要跟她发生性关系。实在是不知道该怎么办，就只好找何金苜来救急。

虽然言辞是如此恳切，如此真诚，但是何金苜还是无法接受，无法接受女朋友有这样的照片。何金苜说："报警吧！"

司徒美丽支支吾吾，她怕人家报复。万一网上都是这样的照片，该怎么办，就没法活了。

何金苔也不知道怎么办，事情实在是太突然了，就甩下一句："这样吧，回家想想吧，你自己回去吧，我医院还有事，先走了。"两眼含着眼泪，走了。

司徒美丽坐在星巴克里，默默流泪，一动不动，能做的，就是一直流泪。旁边有个小伙子过来劝他，说："这样的男人，不要也罢！"

司徒美丽恶狠狠地瞪了他一眼，那个人灰溜溜地离开了。

第二天，何金苔带着两个肿肿的眼睛来上班，梁楠问他为什么，何金苔没有说话。

查房的时候，胡琳琳的老公竟然出现在床边，一看到何金苔，竟然还偷偷地在笑。何金苔一个箭步上去，给他就是一巴掌！

这个举动让在场的人都惊呆了！

转眼间两个人就扭打了起来，被大家劝开。

保安也赶到了，以为有医闹，一看竟然是医生在与一个病人家属扭打，一时蒙了！

胡琳琳的老公在叫嚣："医生打人！"

何金苔说："对呀！我打的就是你了，怎么样？！报警呀！"

胡琳琳的老公马上怂了："你小子，年纪小，不懂事，你这里人多，在外面你给我等着！"

"来呀，来呀！"何金苴一边说着一边往上凑，还要准备动手，却被大家拉住了。

李奕名闻讯过来了，把何金苴带到主任办公室。

李奕名冲着何金苴吼道："你要干嘛！你这是要干嘛！"李奕名很少这么愤怒。

何金苴不说话。

"你到底要干嘛！我工作这么多年，第一次听说医生不是还手，还是先打病人家属的！你要干嘛？！"

"主任，他……"

"你给我闭嘴，再是他的错，你是医生呀，你是受过高等教育的，你是党员呀，你怎么可以这么冲动呢！"

李奕名在办公室里，踱步来回骂了他整整5分钟！

何金苴根本插不上话解释。

后来何金苴实在是不知道怎么表达了，便把照片拿出来，手机"啪"拍在李奕名办公桌上。

"这是什么？"李奕名拿起手机一看，"这是怎么回事？"

何金苴就把事情前前后后说给李主任听。

……

"原来这是个人渣呀！"李奕名骂了一句，声音比刚才更响了！怒不可遏，这是李奕名平时都不被看到的一面，温柔儒雅的一面荡然无存，而爆粗口也是平日里见不到的。

接着李奕名消消气说道："那你也不能打人呀，你要考虑到你的职业形象，你可以报警呀！"

"对不起，主任，让你失望了，当时看到他那副嘴脸，我实在是忍不住。"何金苣道歉。

"行吧，这事，就到这里吧！"李奕名说道，"这个事情以后就都别提了，然后我不得不说一句，就是不要影响你对病人的判断和救治！"

"哦，这点主任你放心，我绝对不会的。"

虽然宁姐对这个女婿十分不满意，可是也不能让别人说打就打呀。于是宁姐就到办公室找何金苣理论，可没说几句，就被胡琳琳老公拉了回去。

毕竟他也理亏。

直到有一天，派出所民警来医院带走了胡琳琳的老公。宁姐一开始当然是不答应了，可是看到派出所的传唤证，也不能抗拒。这个事情，也迅速在医院里发酵传播，让何金苣成了话题焦点。

这段时间何金苣过得很艰难。

胡琳琳的重症胰腺炎经过穿刺引流治疗后，病情明显好转了，这或许是对何金苣这段时间最大的安慰吧。不知道何金苣在胡琳琳的伤口上换了多少次药，因为伤口复杂，每次换药都要差不多半个小时。而每次换药，胡琳琳总是沉默的，因为她知道，对何医生的伤害是无法弥补的，哪怕跟她也没有关系，毕竟也是自己的老公做出来的事情。现在老公已经得到了惩罚，也算是一种弥补了。

胡琳琳终于出院了，在医院里整整待了半年。这天宁姐抱着外孙来接女儿出院。孩子都会咿咿呀呀，听起来像在叫妈妈了，这一幕真让人动容。这半年，胡琳琳像是做了一场梦，"少"了一个老公，"多"了一个妈妈，还多了一个孩子，新的生活，自此开始。

而司徒美丽，再也没有出现过了，据说离开了这个城市。

何金苜，还是一如既往地忙着科里的事情。

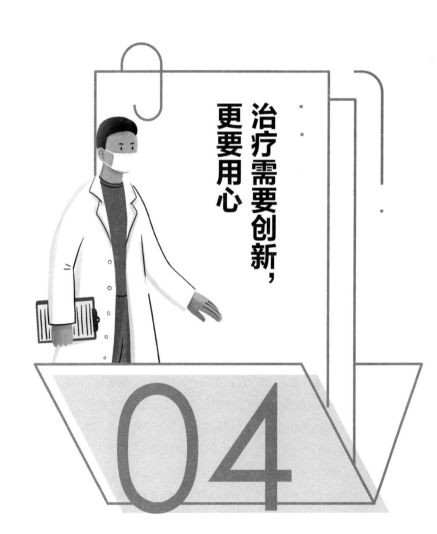

治疗需要创新，
更要用心

04

是幽门螺杆菌，不是"惠普"

几年过去了，何金苣晋升成了主治医师。

而他仍然孑然一身，不过也慢慢地变得成熟了，经常有医院里的同事来"说媒"，均被他一一拒绝了。

最近，何金苣差点上了新闻，事情要从那天门诊说起。

一个穿着华丽的女士，带着一个看似老实巴交的中年妇女来看病，来了就说了一句："医生，你给她测个 Hp[1]！"

 张教授说

1 Hp（幽门螺杆菌）：幽门螺杆菌是一种螺旋形、微厌氧、对生长条件要求十分苛刻的细菌。世界卫生组织已将幽门螺杆菌（感染）列为致癌物，与胃炎、消化道溃疡、淋巴增生性胃淋巴瘤等相关。幽门螺杆菌与胃癌的发生有一定的关系，澳大利亚科学家因此还获得诺贝尔生理学或医学奖。幽门螺杆菌感染是一种传染性疾病，50% 人群感染率，15% ～ 20% 发生消化性溃疡；5% ～ 10% 发生 Hp 相关消化不良；约 1% 发生胃恶性肿瘤（胃癌、MALT 淋巴瘤）；多数感染者并无症状和并发症；所有 Hp 感染者几乎都存在慢性活动性胃炎。

何金苢不紧不慢地问了句："为什么要查这个呢？"

贵妇说："体检，就是想查查。"

一旁的中年妇女害怕地说道："对的，查查。"

何金苢就开了个**呼气试验**[1]。就是这个呼气试验，差点儿让何金苢"牵涉"进一场官司。

事情是这样的：

这个中年妇女叫杨招娣，来自偏远山区，进城里做保洁阿姨，由于她做事很勤快，又好学，保洁工作做了几年之后，经人介绍，就做了育儿嫂，现在就在这位女士家里带一个两岁的孩子桐桐。

这位女士姓魏，是某个企业的"高管"，工作忙，因此就请了个阿姨在家带带孩子，家庭也算是和睦。

直到几天前，魏女士公司体检查出她 Hp（幽门螺杆菌）感染，加上孩子桐桐经常说肚子不舒服，还吐了几次。魏女士就十分怀疑，这是杨阿姨传染给她们全家的，就带她来医院检查了。

👩‍⚕️ **张教授说**

1 **呼气试验：**是一种简单易行的 Hp 检测方法，只要空腹吹气就可以，常常用于人群筛查和治疗后复查，缺点是存在假阴性，因此目前的诊治指南要求 Hp 检测前必须停用质子泵抑制剂至少 2 周，停用抗菌药物、铋剂和某些具有抗菌作用的中药至少 4 周。

知肠晓胃

半个小时后，Hp 呼气试验结果出来了——Hp 阳性。

看到检查报告，魏女士顿时大发雷霆，指着杨阿姨的鼻子斥责道："我就说嘛，肯定是你，把病菌都带到我们家了。你看看我们桐桐，才两岁，你就害她。你这个害人精，我一定要告你！"

杨阿姨缩在一处不知道说什么，也不知道发生了什么，更不知道 Hp 是个啥玩意儿，只是支支吾吾地站在角落，偶尔抬头看看女主人。

"喂！你们要吵架，回家吵去，我们这里看病呢！"其他病人的家属吼道。

何金苷看她们并没有治病的意思，也就没搭理，而事情远没有结束。

魏女士回去后就向杨阿姨所在的保洁公司索赔人民币 3 万元，理由是没有做好"岗前体检"，并要求退还杨阿姨这个月的工资合计人民币 4 500 元。

保洁公司根本不理会这种无理的要求，魏女士就找当地媒体，说某某保洁公司不负责任，传染疾病，造成多人身体被染病。而这家当地的生活媒体栏目，还在黄金时段播出了。这让保洁公司压力巨大，派送出去的阿姨，纷纷被要求检测 Hp。用人单位碰到 Hp 阳性的，都以各种理由要求换人。保洁公司实在是压力太大了，就跟魏女士谈条件，想退还杨阿姨的工

256

资，并答应给她再找一个保证"Hp 阴性"的阿姨补上。但是魏女士根本不为所动，因为保洁公司没有给予额外的赔偿。

媒体看到杨阿姨的呼气试验单上的开单医生是何金苗，就通过各种渠道，要求采访何金苗，但被医院办公室拒绝了。因为医院里只接受当地主流媒体的采访，至于那种天天播报八卦新闻的媒体，医院是不同意接受采访的。这也是何金苗离媒体采访最近的一次。

一时间满城风雨，把"Hp"说得像魔鬼一般可怕，医院里门诊量都大了不少，均纷纷要求来检查 Hp。

而魏女士没有拿到赔偿款，是不罢休的，最终把保洁公司告上了法庭。

这有什么好告的呀，前因后果也没有，更没有证据说明谁传染了谁，也不能说明传染了就会出现呕吐症状。

可是，案件具体也不知道怎么判的，法院判了魏女士胜诉，保洁公司不得不赔偿人民币 2 万元（法院判决结果），还退了 4 500 元的工资。

在医务工作者看来，这是十分不可思议的，但是事情就是这样发生的。当地主流媒体不失时机地采访了李奕名主任。

记者问道："李主任，这个幽门螺杆菌是个什么细菌？为什么这么可怕？"

李奕名："幽门螺杆菌，是生长于消化道的一种致病菌，

它与多种胃炎甚至与胃癌都有相关性，之所以可怕，是因为和肿瘤有关。"

记者问道："它会传染吗？"

李奕名："会，它主要通过口口或者共同进餐等方式相互传播。"

记者问道："如何避免呢？"

李奕名："在我们中国人的传统饮食习惯下，这是十分容易传播的，在自然人群中，感染率大于 50%，因为我们是共餐制，和西方的分餐不一样。因此，往往我们叫病人和家属分餐，但是效果都不理想。"

记者问道："杀这种菌困难么？哪些人需要杀菌呢？"

李奕名："杀菌，我们现在基本都用规范治疗的四联疗法，杀菌治疗半个月。至于哪些人需要杀菌，我们专业指南上有推荐。大众需要知道的是有胃肿瘤家族史，特别是淋巴瘤相关的感染者，或者溃疡反复发作的感染者是基本上都推荐杀菌的，其他病人需要来医院请医生给出专业建议。"

记者问道："那孩子呢？像最近一则新闻里说的那个两岁的孩子，如果感染了，需要杀菌吗？"

李奕名："对于孩子，一般 14 周岁以下，我们一般是不建议杀菌治疗的，因为并不一定获益。"

记者："嗯，看来，医学专业确实是十分严谨的，我们也推荐大家如果有问题，到李奕名的团队就诊。感谢李主任。"

人类对一些事物的理解，不是一成不变的，发现一个新事物，观察，到深入研究，往往需要付出很大代价，甚至是牺牲，才能换回对事物本质的理解。幽门螺杆菌的发现，是人类对胃部肿瘤、炎症、溃疡等疾病预防工作的一个重要突破，但是不能一概而论，更不能在没有咨询专业意见的前提下，就判断对错，文中的故事是虚构的，但是或许也真实存在于我们生活的某一个角落，确有匪夷所思的事情发生，我们不妨警醒自己，也警醒我们的下一代，对事物的认知不能武断，减少错判，需要认真审慎，反复推敲，寻百家之言，以更接近事物真相。

胃里真的会长"石头"

又到了秋高气爽的时节，螃蟹也肥了，柿子也可以吃了。大家都有个常识，就是"螃蟹和柿子不能一起吃"。有人说会中毒，有人说会死，也有人说不消化，到底哪个对呢？我们看看下面这个故事。

有个病人，名叫王梦君，37岁，女性，特别爱吃螃蟹，反正只要见到餐桌上有属于螃蟹一类的，或者说长得像螃蟹的，就会想吃。平时她偶尔会出现胃痛，每次胃痛就吃药店配的**乙酰氨基酚片（复方去痛片）**[1]，据说有时候能缓解。这次是

 张教授说

1 **乙酰氨基酚片（复方去痛片）**：属于用于 NSAID 非甾体抗炎药，主要用于普通感冒或流行性感冒引起的发热，也用于缓解轻至中度疼痛如头痛、关节痛、偏头痛、牙痛、肌肉痛、神经痛、痛经等，但是该类药物由于其机制的不同，对胃痛是无用的，特别是胃黏膜病变导致的疼痛，用这种药不仅无用，还会加重疼痛，因为该药物本身就会导致胃黏膜受损，引起疼痛，因此一定要明确疼痛是不是胃痛，建议到消化科专科就诊。

吃了几个柿子之后，胃痛了好几天，怎么吃药都不管用了，不得已才来医院，这天的门诊医生恰好是何金苩。

王梦君捂着肚子，面色凝重地看着何金苩，问道："医生，我胃痛，痛得要命，我是不是快死了。"

一听，何金苩笑了，周围的病人也都笑了，觉得这个人太会开玩笑了。而王梦君并没有笑，很严肃地说："哎，别笑别笑，医生你可千万跟我说实话，我这个人承受能力好，有什么话就跟我直说就行。"

何金苩回答道："哦，好的呀，你告诉我，你是怎么个痛法呢？"

"一阵阵的，有时候翻个身都感觉，胃里有东西在动！"

这么一说，大家更笑了，都觉得这个人心理有问题，胃在动谁都知道啊。

何金苩却没有那么简单地去思考，毕竟现在他已经是工作5年的主治医师了，问道："你爱吃螃蟹或者虾吗？"

"哎呀，医生，你可真神了！我最爱吃螃蟹了，最近天天吃，无锡的那个太湖大闸蟹太好吃了。你帮我把病看好，我一定送你最好吃的那种！"

大家听着越来越有意思，看着两个人都很认真，但是对话就是充满了喜感。

何金苩说道："吃螃蟹，同时有吃其他东西吗？"

王梦君说道："就是说呀，最近又忍不住吃了好多柿子，然后就痛了，我吃了很多药，都没用，中药都熬了好几副了，也止不住，听说螃蟹和柿子一起吃就是砒霜，我是不是快死了。"

何金苔似乎想到了什么，跟王梦君说："这样吧，你先做检查吧。你这种情况，应该排个胃镜检查下。"

"胃镜？！那不是很难受！"王梦君也是"谈胃镜色变"。

"你别担心，你可以考虑做无痛胃镜，全身麻醉下进行，现在去抽血、再**做个心电图**[1]，我要排除下其他疾病，然后我再给你排胃镜！如果都没问题，还要给你做**上腹部 CT 检查**[2]。"

王梦君想着，怎么要做那么多检查呀，反正也看了那么久了，索性就好好看看吧。

 张教授说

1 "做个心电图"，此处是指**上腹痛做心电图**。经常有病人对上腹痛做心电图这件事情嗤之以鼻，有些以为是"医院要创收"，也有些以为是"这是进医院的常规检查"，其实都不对，我们要知道，急性心肌梗死的表现复杂多样，除了典型的胸痛外，有些病人就表现为上腹痛，因此，需要通过心电图检查予以初步排查。

2 **上腹部 CT 检查**：别的不多说，大家还记得前面的胰腺癌病人吗？症状是不是也是上腹痛，对了，其实有些胰腺肿瘤的早期就很像胃痛，治了很久的胃病，后来才发现胰腺癌转移了。因此，医生会根据患者的伴随症状、年龄、肿瘤高发因素的条件判断需要做什么检查。

七七八八检查完，一看，除了有点轻度血脂升高，其他都很好。

何金苕说道："既然你那么恐惧普通胃镜，那我给你预约个无痛胃镜检查吧。"

听医生这么说，王梦君心里是暖暖的，因为总感觉医生是冷酷的，受到这样的"对待"，还有点小意外，马上答应说："好的，好的，医生，要预约多久呀。"

"一个月左右吧。"

"那么久呀！"旁边等着看病的其他病人也惊呆了。

"是的，确实如此。"何金苕看着王梦君恳切的眼神，说道，"我问问预约台，有没有别人临时取消的位置，如果有，你就去好吗？"

"嘿嘿，好的好的。反正我在家，时间都空的。"王梦君笑开了花。

"喂，小白，最近有临时取消的位置吗？我这里有个门诊无痛胃镜想做。"

电话那头回到："哎呀，何老师，你电话真巧呀，刚好前一个电话就是取消的，明天上午十一点。"

"明天上午十一点！行不行？"何金苕对着王梦君说道。

王梦君马上点头："好的，好的，嘿嘿。"

"那行，小白，我让病人一会儿来找你吧，病人叫王梦

君，你给她约一下吧。谢谢。"

王梦君问道："医生，明天是你给我做胃镜吗？"

"哦，不是的，我们都是排班做的，明天我在病房。如果做出来有什么问题，再跟我说吧。"何金苣是个老实人，只会实话实说。

第二天下午一上班，何金苣就看到办公室门口有个人一直在张望，回过头一看，正是王梦君，王梦君看到何金苣看她了，急忙挥手，"嗨！是我，我可以进来吗？"

何金苣马上起身挥手，示意进来。

王梦君进来的第一句话就是："医生，这下麻烦了，那边医生说我胃了长石头了，要我住院。"

何金苣看了下胃镜报告单，说道："哦，果然是**胃石**[1]呀！"

王梦君担心地问道："你也觉得是呀，那可怎么办呀，我是不是要死啦！"

何金苣笑道："哈哈，不会的啦，明天我给你做胃镜治

 张教授说

1 **胃石（症）**：是人体吃了某种植物成分，或者吞入毛发或者有些矿物质如碳酸钙、钡剂等在胃内凝结而形成的异物，以植物胃石最为多见，我国以胃柿石多见。因此空腹吃柿子太多确实容易形成胃石，至于会变成砒霜等说法，是不可靠的。

疗，弄碎就好了。如果可以的话，最好拿出来！"

王梦君问道："何医生，石头在胃里有什么关系吗？"

何金苜回答道："理论上没有什么生命危险，但是如果掉到肠里可能会有肠梗阻风险。"

王梦君问道："何医生，你别嫌我烦哦，我想知道，明天做胃镜麻醉吗？不做麻醉可能吃不消。"

何金苜说道："如果顺利的话，麻醉下弄碎就好了。如果胃石很硬，需要取出来的话，就建议不麻醉下取，这样比较安全。好了，你再回去想想，如果做要去办手续。"

何金苜一看这个王梦君问起来没完没了，有些焦虑，应该让她先冷静下。

果然，到了晚上，她也就没有什么问题要问的了，能够坦然面对明天的无痛内镜治疗了。

王梦君麻醉下躺在内镜室操作台上，等待何金苜的操作。他仔细看完整个胃石，发现胃石下面的胃黏膜都被压出了

深深的**溃疡**¹，然后用圈套器把胃石一块一块切开，成为很小的一块一块，然后一一取出。等王梦君醒过来后，何金苜让她**喝可乐**²去。

👨 **张教授说** ─────────────────────────

1 **溃疡**：这是大家经常听说的疾病了，胃可分为四层结构，当破坏超过两层，**胃溃疡就**形成了。导致胃溃疡的病因很多，比如物理因素（外伤）、化学因素（酒精、胆汁反复刺激），再比如说 Hp 感染因素等很多。当溃疡面很大，形态很差，需要警惕肿瘤的可能性。胃溃疡有什么危害呢？肿瘤是需要警惕的，还有就是出血穿孔的风险，很多病人反复消化道出血，应当考虑溃疡复发。还有一种常见的溃疡大家都听说过，就是**十二指肠溃疡**，很多人不知道十二指肠在哪里，食物通过胃后接下来就到了十二指肠。胃是酸性环境，而肠道是碱性环境，十二指肠就是肠道开始段，这里还要接受胆汁、胰液等消化液的洗礼，因此它是"很扛压"的，一旦"扛不住压"，十二指肠就会发生溃疡，这是一种常见病。十二指肠溃疡是年轻人上腹痛常见的原因之一，也是消化道出血的常见原因，应当尽早采用胃镜检查明确病情，及时治疗，以免发生不良后果。有些人说，我十二指肠溃疡很多年了，没事。确实，人体有很强的自我修复能力，但是溃疡愈合后往往形成瘢痕，会导致十二指肠狭窄而反复腹胀甚至梗阻，因此建议正规治疗。如果有 Hp 感染，推荐一定杀菌，不然十二指肠溃疡复发的概率大于 60%。

2 **喝可乐**："肥宅快乐水"对胃石真的有这么好的效果吗？有研究提示有效，但也不是科学共识。胃镜碎石后可以喝，之前不建议，以免自己服用导致胃石缩小掉入肠子，导致肠梗阻。

自从取出胃石，王梦君感觉自己的胃舒服多了，也没胃坠胀感了，就是偶尔还有胃痛。何金苣告诉她，这是胃溃疡导致的，建议她规则服用抗溃疡药物 8 周，3 个月后再复查。

王梦君十分感谢何金苣，说他总是给人一种安全感，想加何金苣微信。可是被何金苣拒绝了，因为他怕又是一个司徒美丽。

 张教授说

螃蟹和柿子一起吃不会死人，但是吃大量的柿子和螃蟹是会引起不适，有产生胃石的风险。

肿瘤指标高一定长肿瘤吗

现在体检越来越多，很多民营资本介入，体检已经发展成一个产业，而且现在生活条件好了，很多人就愿意去"花钱买服务"，不惜自费去体检。因此一旦体检出来一些人的肿瘤指标异常，就会拿着体检报告来就诊。

孙斌在门诊给梁楠医疗组收了很多肿瘤指标异常的病人，特别是 CEA 和 CA199 [1] 异常的人比较多，他们都是想来

张教授说

1 CEA 和 CA199：这都是肿瘤指标，还有 CA125、CA724 等很多，都各自有提示肿瘤的意义，比如 CEA 提示消化系统及呼吸系统的肿瘤，CA199 重点提示胰腺肿瘤，CA125 提示妇科肿瘤，CA724 提示胃肿瘤，但是我们必须客观地说明一点，就是肿瘤指标和肿瘤本身没有绝对的一一对应关系，也不能用肿瘤指标升高而诊断肿瘤，因为有时候肿瘤晚期的病人肿瘤指标正常的也有，因此肿瘤指标只是起到一个提示作用。脏器的炎症，比如胰腺炎、肺部炎症，还有吸烟习惯会导致 CA199 或CEA 增高，因此，我们可以排除或治疗干扰因素后复查，最后建议到正规医院检查治疗，免得被不良机构诈骗。

医院做无痛胃肠镜的。

其中就有一个小姑娘，体检发现 CA199 高来门诊看病，因为病人姓氏比较少见，很难忘记，这个姑娘叫"鸿佳"，是马上要去北美留学的大学生。

鸿佳来到孙斌面前，问道："医生你好，请你看看我的报告，我下周去北美留学，前几天做了体检，打电话给我说我肿瘤指标高，要我来门诊看，请你看看，有没有问题？"

孙斌一看，一个小姑娘，彬彬有礼。

孙斌拿着报告看了下，发现 CA199 轻度升高。问道："你有什么症状吗？"

鸿佳回答道："就是偶尔胃不舒服，还有就是会便秘，其他就没有什么了。"

孙斌一听胃不舒服，CA199 高，首先就考虑需要排查胰腺疾病，就跟她说："你这样，你需要做一个上腹部 CT，然后做胃肠镜排查。"

鸿佳腼腆地答应了，孙斌开始开单。

孙斌说道："胃肠镜是下周，CT 是下下周。"

鸿佳说："哎呀，医生，你看能不能这周做，我下周要出国了。"

孙斌看着姑娘彬彬有礼，不忍心拒绝，就打电话想办法，可是各种检查都约得很满，也没什么办法通融，就跟她说：

"那要不，我写个检查意见，你到了北美那边，再约那边的检查吧。"

听到这个，鸿佳犹豫了，鸿佳想国外看病哪有那么容易，预约个家庭医生都要半个月，再到大医院约胃肠镜，不是更久，也没钱去请私人医生看。相比较，国内看病还是方便的，可是这时间上有点麻烦，就联系她妈妈。

鸿佳妈妈在电话那头骂了她一顿，说："你傻呀，身体都没有了，还留什么学。"

鸿佳听从了孙斌安排，并且取消了飞往北美的航班。

一周后，鸿佳穿上肠镜裤的时候还是有点害羞的，毕竟这是她长这么大，第一次在那么多人面前穿着纸一样的裤子，里面还什么都没穿，难免有些不自在。

胃肠镜检查下来，都没有明显的异常，横结肠有一个地方突出来了，孙斌觉得这个应该是没有多少临床诊断意义的肠道自然扭曲。

而 CT 的结果让人唏嘘不已，还好做了 CT，有一个巨大的**胰腺囊肿**[1]。

　　这个 18 岁的姑娘，如果没有发现肿瘤，只是当一般的筛查处理，那么或许，这个姑娘在 19 岁的那年就已离开人世，那么国家就失去了一个优秀的留学生，一个家庭也可能崩溃，这不禁让人感到医生的职业是多么让人敬畏。孙斌想想就后怕，万幸呀，万幸！

　　最后鸿佳被转到外科进行了手术，现在术后恢复得很好，前段时间才刚刚踏上北美的航班，没过几天，孙斌收到了来自北美的感谢信，感谢他的心思缜密，感谢他的再造之恩，而孙斌拿着这封感谢信，感觉手里沉甸甸的……

 张教授说

1 **胰腺囊肿：**顾名思义，是长在胰腺上的一个液体为主的肿块，这跟重症胰腺炎周围的脓肿或者囊肿是不同的，这个是胰腺组织上的，并非胰腺周围，胰腺囊肿往往带有一定的恶变倾向，甚至已经是肿瘤了，表现为囊性，必须到专科就诊，千万不能掉以轻心。

抽出来的血跟油脂一样

好久没提到沈梦梦了，她去哪儿了，那个孩子呢？

故事总是曲折的，最近沈梦梦和何金苴走得很近，经常一起吃饭看电影，但是纯粹的革命友情罢了。沈梦梦的那个孩子早就做人工流产了，说起来也是她人生一段难以抹去的灰色。

这天，沈梦梦的表弟来医院看病，沈梦梦不想麻烦李奕名。

其实她跟李奕名的关系并没有大家揣测的那么暧昧，沈梦梦也不想让大家误会，就找何金苴配点药就行了。

沈梦梦的这位表弟，姓汪，单名一个奥，人称"奥尼尔"——奥胖，汪奥，14岁，一米六零，190多斤，沈梦梦的舅妈45岁才生的这小子，家中独子，那一个宠呀，从小是要什么给什么，所以说长成这体型也不会让人感到意外的。

汪奥这段时间感觉胃口差了，以前一顿吃5个肉包子，现在吃1个就觉得腻，还老是恶心，时不时胃痛，在村卫生院里吃了奥美拉唑，也不见得好，觉得可能是村里的药不管用，就找到了城里大医院工作的表姐，想找专家看看病。

这几天汪奥胃疼得更严重了，这次几乎是被扶着来的。还好沈梦梦力气大，这体重压谁身上谁受得了呀。

沈梦梦找到何金苗说道："来，阿苗，人我给你带来了，你看看怎么办，痛好像加重了。"

何金苗一看这老兄，我"滴"妈呀，这也忒胖了，这肚子痛，做个腹部查体都困难。

便对汪奥说道："你的情况，梦梦跟我说过了，既然你来也来了，让梦梦给你抽个血化验下吧，如果没有异常，我给你做个胃镜吧，看看胃有没有问题，再定用什么药吧。"

沈梦梦一听，说道："阿苗，要抽血吗，配点药不行吗？"

何金苗虽然是个满通情达理的人，从不强人所难，但是更是一个专业的医生，所以，这个化验是逃不掉的，便说道："要抽的。"

既然这么坚持，那就抽吧。

何金苗开了血常规、血生化全套和**微量元素检测**[1]。

沈梦梦就在病房里给汪奥抽血，他实在是走不动了。

👩‍⚕️ **张教授说**

1 **微量元素检测：** 人体是存在微量元素的，但是都在正常范围内动态平衡，当人体某些物质超量，比如家附近有电镀厂，水体被污染，容易导致铅中毒，而导致腹痛，临床上容易被忽略。

就在等着送检的一段时间，血液竟然凝固得像油脂，这让沈梦梦心中一惊，这不是**高脂血症**[1]吗？！

心想，但愿不是吧。

抽完血，沈梦梦赶紧跑去送标本了。

汪奥已经感觉肚子隐隐痛得让人烦躁了，本来脾气就不好的汪奥，就冲着护士吼，说要找个沙发坐，要找个床躺下来。

何蓉看着有人在走廊上叫，原本想过去安抚的，没想到被无辜骂了，当即就怒了，跑到医生办公室，说道："你们哪位医生的病人，在走廊上，看到护士就骂！你们是怎么收病人的，把我们病房当菜市场啦！"

何蓉这么一说，在坐的医生都蒙了，想想病人都进病房了，哪来的新病人呀，再说，消化科哪个病人会出言不逊呀，都很随和呀。

所有医生都沉默了。

何蓉说："好的，都不是你们的病人，是吧，那行，那我把他赶走了！你们别后悔。"

 张教授说

1 **高脂血症：**是指血浆中胆固醇（TC）和（或）甘油三酯（TG）水平升高。一般成年人空腹血清总胆固醇 > 5.72mmol/L 或甘油三脂 > 1.70mmol/L 或高密度脂蛋白 < 0.91mmol/L，即可诊断为高脂血症。

医院里，不要觉得护士就是听医生的，更不要觉得护士就比医生低一个档次似的，那就大错特错了，护士在很多方面是医生的老师，何况何蓉还是年资很高的老员工，护士长的接班人。

听何蓉这么一说，何金苴想着别闹出什么事情，赶紧跟着出去看看，一看原来是汪奥在那里叫，赶紧拦住何蓉，说道："何老师，何老师，这个人我认识，我认识！我来处理，我来处理，对不起，对不起！"

何蓉翻了个白眼，忙去了。

"你怎么啦？"何金苴小声上前说道。

汪奥看了何金苴一眼，不说话。

"嗨，你说话呀！"何金苴推了下汪奥。

"你干嘛呀！"汪奥很不高兴地回复道，"你没看到我很痛嘛？！"

这样的言辞让何金苴一下子没反应过来，原本来求我帮忙的，在病区里叫嚣，已经让自己很难堪了，这个病人自己还这副样子。

这个时候，沈梦梦跑回来，何金苴一脸蒙逼地看着她，也不知道说什么。

汪奥不开心了，冲着沈梦梦说："姐，你们这里什么地方呀，看病都没个地方躺的吗？以前我妈带我去的医院，都是有人陪着我的，这里医生、护士还骂我！"

　　沈梦梦看看何金苢，他无言以对，沈梦梦就知道这弟弟的脾气，就是被惯的，但是也不说什么，没人能治得了他。

　　沈梦梦拜托何金苢："阿苢，你看能不能帮个忙，有没有出院的，让我弟弟能先躺会儿！"

　　这家医院的消化科是全国出名的，来看病的人络绎不绝，都是前一个病人刚出院，床铺还没凉透呢，下一个就睡上去的节奏，哪来的病床呀。这点沈梦梦是深知的，但是这是自己弟弟，也不得不厚着脸皮让何金苢想想办法。

　　何金苢左右为难，一方面碍于沈梦梦的面子，另一方面病房都是满员，哪里去找个床躺躺呀。现在也没出血液化验结果，何金苢为难中突然想到一个办法。

　　"这样吧，他痛得那么厉害，先把 CT 做了吧。"何金苢心想，把检查时间安排紧凑一点儿，他就不会在病房里胡闹了。

　　这下汪奥不开心了，说道："又做检查，我都痛成这样了，你们医院不做检查就不会看病吗？需要那么赚钱吗？"

　　这下把沈梦梦彻底激怒了："汪奥！你要干嘛！何医生给你想办法看病，给你安排检查，花的是自己的时间，你不感激，还在这里叫！你家里，你妈宠着你！我们这里没人惯你！你不要看，我马上打电话给你爸，把你送回去！"

　　汪奥抬头看着沈梦梦，沈梦梦怒不可遏！汪奥咬咬牙，说了句："行！"

沈梦梦跟何金苷温柔地说道："阿苷，麻烦给开个单子，要麻烦你找放射科的兄弟加个班了，麻烦啦！"

何金苷第一次看到沈梦梦这样愤怒的样子，一下子没反应过来。

"哦，好的，我去办！"

汪奥，再一次被"抛下"！他感觉受到了人生第一次如此地"不被重视"。

何金苷找了放射科兄弟，额外加了个班，然后看了下片子，胰腺炎！

血的化验也出来了，**高脂血症性胰腺炎**[1]！

而且汪奥都已经不能住普通病房了，需要直接进 ICU，需要进行**血滤**[2]。

 张教授说

1 **高脂血症性胰腺炎**：是因为各种原因所致血脂增高，进而引起的胰腺渗出表现，表现为腹痛、淀粉酶升高并伴随血脂增高。目前这种病在中国仅次于胆源性胰腺炎，是胰腺炎发病的第二大类型，这或许与我们的饮食习惯有关，通俗地说：吃"多了"，也会得胰腺炎。

2 **血滤**：血液过滤治疗，这是高脂血症治疗的有效手法，血脂增高到一定程度，胰腺微循环功能下降导致胰腺炎的发作，因此需要降脂治疗，要迅速地降脂，血滤是很好的办法。当然血滤需要大量的血浆作为支持，因此病情重到一定程度才需要做。

这点沈梦梦是很好理解的，可是汪奥是没法理解的，一个肚子痛，怎么要去那么贵的地方治疗，监护室一天就好几万，这也"太坑"了吧。

"不去，我不去！我等我妈妈来！"汪奥傲娇得不行，还说自己现在不怎么痛了。

何金苣心想，你爱看不看。可是沈梦梦直挠头，毕竟是自己家的亲戚，不得不硬着头皮上呀。这种真心地为你好，而你觉在坑你的情况，确实是时有发生的，怎么办呢？也只能等舅妈过来了。

汪奥的妈妈，陈春雪，是个家庭主妇，心情好的时候做点西餐，平时就和朋友们晒晒朋友圈，逛逛街打打麻将，喜欢朋友们叫她"snow 姐"；汪奥的爸爸汪顺建，是当地小有名气的企业家，做窗帘生意的，一天到晚忙得要死，各种出差。

差不多过了半小时，snow 姐挎着 LV 包包，带着浓郁的香奈儿香水味飘进了病房。

"梦梦，怎么啦？看个肚子痛都要进监护室啦！"汪奥的妈妈质问外甥女沈梦梦。

沈梦梦很无辜，解释道："舅妈，汪奥很严重啦，胰腺炎啦，血抽出来都跟油一样了，要马上血滤了。"

"有那么夸张吗？！"snow 姐很不屑地说道。

汪奥趴在妈妈怀里哭，说道："妈，这里的医生护士太凶了，我不要在这里看。"

"哦，哟哟哟，好的好的，妈妈疼你，宝贝你受苦了，妈妈带你去大医院看！"

沈梦梦马上说道："舅妈，你可千万要好好看呀，耽误不得。"

"行啦，瞧你那认真样，当了几天护士就以为是专家啦！要不是我家老汪，不知道你还在哪里呢？我现在就带汪奥走，你帮我把手续办好，我马上就走，司机下面没地方停车。"snow 姐显然是很不满意的。

这让沈梦梦很是尴尬，当着这么多同事的面被舅妈这样说。可是又有什么办法呢，当年读书的钱，还是舅舅赞助的，舅舅还经常在老家照顾自己爸妈，被说几句就说几句吧。想着人各有命吧，反正话说到这份上了，也够了。

汪奥和 snow 姐走了。世界瞬间清净了很多，沈梦梦心中无比酸楚。

其实沈梦梦不是自己爹妈亲生的，是沈梦梦的爹妈在一个菜地里捡到的。沈梦梦一家日子过得很苦，小时候读书靠他舅舅汪顺建的支持，后来爹妈做了点小生意，卖卖早点什么的都干过，日子过得清苦，倒也幸福，每到难关的时候老汪总会出手帮助，毕竟汪顺建和沈梦梦的妈妈感情是很深的。但是，这让陈春雪很不开心，snow 姐认为，成家了就要自己努力了，

不能靠着她们家了，所以沈梦梦很小的时候经常到舅舅家里搞卫生收拾屋子，被陈春雪当成"丫鬟"一样使唤。后来沈梦梦考上了大学，在当地一家医院实习。后来到医院工作，一次李奕名去内镜操作演示的时候，沈梦梦做了操作配合，李奕名看着这姑娘很机灵，而且很漂亮，就把她安排在胃镜室。

虽然，现在沈梦梦已经成了一名标准的内镜护士，在下级医院看来，也算是"内镜专家级助手"了。可是在陈春雪看来，沈梦梦还是那个可以使唤的"丫鬟"。

上午走的母子俩，下午又回到了医院，还是来找沈梦梦。

何金苩看到他们俩，很纳闷。沈梦梦也刚好过来，还是继续托何金苩帮忙，看看哪个监护室还有床位，要去血滤了。

原来，上午母子俩走了之后，就跑了两家省级大医院，被各种冷落，都表示没有床，不得已打电话给汪顺建，被汪顺建狠狠地骂了一顿，说现在哪家医院是空着等收病人的，都是要排队的。如果沈梦梦那里可以帮忙住院，还不赶紧去，而且沈梦梦那家医院还正是这方面的权威，还不去？！

陈春雪在外面是很强势的，但是在汪顺建那里是不敢强势的，只能灰溜溜地来"求"沈梦梦。

陈春雪对着沈梦梦说道："赶紧给我安排个床位，我是不想来了，这是我们家老汪的意思，不是我求你嗷，我只是按老汪的意思办。"

何金苗问了一圈医院里的 3 个监护室，全部满床，不得已让沈梦梦给李奕名打电话。李奕名找了 ICU 的主任，然后临时加了一张床出来，这是 ICU 破例的一次，因为这样的床位只有发生城市重大事件的时候才会启用，当然也是加床的。

刚进入 ICU，迎面而来的第一问题就是**深静脉置管**[1]。汪奥实在是太胖了，放在颈部汪奥是拒绝的，因为"太恐怖"，感觉是被"割喉"一样，他也怕死呀，但是放在腹股沟（躯干和大腿连接的地方）实在是深不见底呀。可是汪奥傲娇得不行，就是不肯放脖子上。跟他妈妈沟通也没有用，沈梦梦只好跟她舅舅说了。汪顺建通过微信视频看着汪奥，狠狠地骂了汪奥一顿，并在视频直播下盯着汪奥在脖子上放了深静脉。

事实上，要不是有 B 超引导，真是很难说可以很快穿刺

 张教授说

1 **深静脉置管：**我们的手臂上有很多"青筋"，这些都是静脉，但是这些都是比较"细"的小静脉，当人体大出血的时候，这些静脉就"瘪掉"了，护士就很难穿刺成功，一般颈部和腹股沟（躯干和大腿连接的地方），有"较粗"的静脉可以穿刺，因此会选择这两个地方做穿刺点，穿刺后，留置一个比较粗的导管，平时需要维护好，再抢救的时候就可以随时使用了，所以有"一条静脉就是一条命"的说法。一些有经验的消化科医生，对于消化道大出血的病人，都提前穿刺好深静脉，留置静脉导管。当然，这里的深静脉置管是为了血滤做准备的。

成功，因为汪奥脖子的皮下脂肪也同样很厚。

在监护室的几天，倒还是顺利的，汪奥的血脂指标好转很快，第二天就能转普通病房了，医生们都很开心。但是汪奥度日如年，不能起身，上厕所都要在床上，妈妈也不在旁边，自己喜欢的炸鸡、可乐也好久没吃了，别说吃了，闻都没得闻一下，感觉就是在坐牢，旁边都是插着气管的病人，连个说话的人也没有，要不是允许在病房里玩游戏，按他的话说，"早就死在里面"了。

转进普通病房的那天，汪顺建来到了医院。汪奥看到爸爸来了，马上老实了，说话都不敢大声，汪顺建冲着汪奥说道："叫你天天炸鸡、薯条这么吃，叫你吃！看把你吃成什么样了！现在知道了吧！"

汪奥不敢说话，低着个头，平时的"霸气"荡然无存。

Snow 姐刚想说话，汪顺建冲着她说道："你就知道宠，就知道惯，你看看都成什么样了，都快比你我加起来都重了，你这个妈是怎么做的！"

Snow 姐一肚子的火，但也没办法，嘴里嘀咕着："肯定是梦梦这死丫头说的！"

刚好被汪顺建听到了，更火了，说道："你还敢说梦梦，要不是梦梦帮忙，说不定就死在你手里了。你还敢说梦梦！我真不知道，你为什么不看点书呢，不懂点事呢，就知道天天打麻将买名牌。你们两个人，真是要气死我！"

汪顺建冲着汪奥说道："快，谢谢你梦梦姐！快！"

汪奥不肯，还委屈着。

沈梦梦马上说："不用不用，自己人，应该的！"

Snow 姐咬着后槽牙，勉强笑道："都是自己人，自己人！"

汪顺建还是很真诚地表达了对梦梦和何金苢一群医护的感谢，心想幸好这么多年一直帮助着妹妹一家，现在真的有好报了，给自己保住了儿子。

汪奥的治疗并没结束，还需要消化科继续降血脂及治疗胰腺炎。

后面的日子里，汪奥不再那么嚣张了，人也消瘦了好多好多。按照梁楠的说法：这种胰腺炎，不瘦个 20 斤，想治好，想都别想。最后汪奥整整瘦了 40 斤，出院的时候整个人都小了一圈，感觉从 XXXL 变成了 XXL，性格也沉稳了许多。

或许很多时候，人需要经受一些生活的磨砺，才可以变得成熟，对于一个 14 岁的孩子来说，这正是一次不幸但又幸运的人生经历，不知道这孩子长大后会怎么样，按照何金苢的说法是，但愿别学医，这样的性格不合适。

阑尾炎和胆囊炎不再是外科的专利

　　一般人说起阑尾炎和胆囊炎，就会想到要外科开刀治疗，从以前的开腹手术，到现在的微创腹腔镜手术。但是，现在或许都不需要了，不信，我们看看下面这个故事。

　　这天梁楠门诊收了两个女性病人，身高172厘米，身材苗条，要多少好看就有多少好看。她们两人都是空姐，一个叫王思思，一个叫葛飞飞，都是启东波音航空公司的在飞空姐。今年是两位工作的第二年，飞了两个国际航班后，一个是右上腹痛，一个是右下腹痛。

　　两个人是很好的姐妹，王思思是右上腹痛，特别是吃点油腻的东西就开始疼，饿肚子也疼。由于最近比较累，又要控制体重，就反复右上腹疼，这几天在前半夜就经常无缘无故的被痛醒，正好飞飞要来看病就一起来了。

　　葛飞飞据说是很早就有阑尾炎的，其实到底是不是阑尾炎，也不清楚，反正一直右下腹疼，每个人都说是阑尾炎，她就觉得就是了，不累的时候还好，累的时候容易疼，最近比较累，就一直疼着没好转。

听说梁楠组里来了两个美女，梅琴跟何金苜打趣说："来了两个美女，你可以努力下啦！"

何金苜脸都红了。

两个女孩子就同屋并排住着，对于两个女孩子来说还是开心的，经常看到她们在一起自拍。三天下来，各项检查结果回来，病情基本明确了，思思是胆囊炎，还有胆囊结石；飞飞是阑尾炎，考虑有"**粪石嵌顿**[1]"。

住在消化科的第五天，两个病人的血象都上升，提示感染又加重了。梁楠对她们说："如果要是输液控制不住，就要考虑转外科开刀治疗了。"

两个人头摇得跟拨浪鼓似的。

思思说："我们就想挂挂盐水，我们不能开刀，因为我们的职业要求我们身体上不能有明显的疤痕，万一我们留疤

(张教授说) ————————————————————

1 粪石嵌顿：急性胆囊炎和急性阑尾炎的发病原理都差不多，大多数是因为"出口"被堵，急性胆囊炎往往是结石，阑尾则是粪石。胆囊结石堵在胆囊颈部，是取不了的，所以一般常用的办法是"消炎"，让堵塞变得不那么堵，或者腹腔镜切胆囊；阑尾也差不多的方法，但是在消化科内镜技术高速发展的当下，不是只有外科开刀才可以切除阑尾了，继续往下看故事。

了，就可能工作都没了。"

"啊？还有这样的规定呀，我还以为是女孩子爱美，才强忍着不肯开刀呢。"何金苴惊叹道。

梁楠说道："嗯，是的，小何，所以你不要觉得空姐很光鲜，其实很苦的，饭都不能多吃一口，而且竞争很激烈。"

飞飞说："哦，那倒没有那么夸张，只是我们也吃不多的，嘿嘿！"

飞飞笑起来很好看，何金苴看着都会脸红。

梁楠主任说道："我倒是建议你们开掉好，因为你们以后都要结婚生子，如果怀孕，阑尾炎和胆囊炎都有再发的概率。到时候有个孩子在，你们想开刀都很难了。"

思思说："嗯，主任，您说的对，以前也有医生跟我这样说过。但是，我也没办法呀。不能毁了自己的前途呀，现在空乘的竞争也很激烈，我们都不敢在这里多住几天，住久了，说不定我们的岗位就会被替代了。"

梁楠点点头，看着两个年纪轻轻的小姑娘，思想倒是很务实。

梁楠接着说道："这样吧，我还有一个办法，你们愿意试试吗？"

思思和飞飞点点头。

"就目前你们两个人的病情来看，都没有穿孔迹象。我先说飞飞，你的相对简单一点，可以做肠镜，把堵在你阑尾口的粪石取出来，再做 ERAT[1]。"梁楠解释道。

飞飞似乎听到了希望，问道："那是不是就没有疤了？"

梁楠说道："嗯，没有的，就是相当于做了一个时间比较长的肠镜。"

"肠镜痛么？我怕痛！"

"给你全身麻醉的，就相当于睡一觉，醒来就做完了。"

飞飞开心地说道："那不是很好嘛，太好了，好多年了，终于可以治好了，应该风险不大吧。"

梁楠说道："风险肯定是有的，如果哪个医生说百分之百安全的，那肯定是骗人的医生。风险都会存在的，比如导丝进去，可能会导致穿孔，脓肿扩散，不得不转去开刀，甚至也有可能手术不成功。"

飞飞表现得很担心，但是还是理性地说道："嗯，我理解。"

张教授说

1 ERAT：（endoscopic retrograde appendicitis therapy 内镜下逆行阑尾炎治疗术）：简单的说，就是导丝进入阑尾里，进行造影，看清楚阑尾内部，把里面的脏东西（脓液，粪石）掏出来然后放支架引流，这样自然阑尾炎就好得快。

　　接着是思思，梁楠说道："思思，你的病情相对复杂一点，你需要做一个叫 NOTES[1] 的手术。我会给你做一个胃镜，然后在胃里给你开一个口子，把胆囊切除，再把胃缝起来。"

　　思思听了毛骨悚然，说道："胃里开个口子？！"

　　"嗯，对的，后面再给你封掉！"

　　"那会不会漏呀？吃饭怎么办呀？！"

　　"这个需要术后观察，一般都愈合得很好。"

　　"那不会要痛很久呀，一个洞呀！"

　　"这点不用担心，一般是不疼的，因为皮肤没有损伤。"

　　"哇，好神奇呀！"思思说道，"嗯，应该也有风险吧。"

　　梁楠解释道："嗯，有的，那是肯定的。比如切不下来呀，出血呀，伤口不愈合呀，风险比飞飞那个 ERAT 要大一些，治疗时间也要久一点。但是你们两个人会有差别，你的胆囊是切除的，而飞飞并不切除阑尾，仅做引流的。两个手术，术后复发的概率肯定是飞飞这个要高一些。"

 张教授说

1 NOTES：经自然腔道内镜手术（nature orifice transluminal endoscopic surgery，NOTES），是指使用内镜经口腔、食管、胃、阴道等自然腔道进入盆腹腔、胸腔等各种体腔进行内镜下操作，女性因其特殊的解剖结构，经阴道的自然腔道成为 NOTES（V-NOTES）手术入路非常理想的选择。

飞飞紧张地问道："那我的能切除吗？"

梁楠说道："也是可以的，比如经过阴道开一个口子，也可以直接肠镜里面操作切除，但是，这个手术现在存在很多不确定因素，开展的案例不多。你一个空姐，还是别尝试了，免得并发症出来后不得不开刀，你可伤不起。"

飞飞点点头，说道："嗯，对的，那么我们商量下，一会儿答复你们好吗。"

梁楠比较喜欢这样的病人，听得懂，理智，想想现在的90 后，真的不得了。

两个人跟家人商量的结果，是同意做这样的手术。手术安排在下周一，这几天要做术前准备，特别是思思，要在气管插管下操作。

这几天，思思和飞飞不再自拍了，显得有点焦虑，毕竟担心手术并发症，万一不成功还要开刀，这个风险很大，很多次想放弃。但是，放任不管，一旦穿孔了，要开刀的口子更大，所以还是不敢拖延。

这几天，陆续有很多帅哥美女来看思思和飞飞，都是空乘行业的。大家惊叹现在的消化内镜技术已经发展到那么高级了，同伴的关心让思思和飞飞感到宽慰。

周一上午查房，思思向梁楠教授问道："梁教授，请问是否可以取出胆囊结石，然后胆囊不切除。我看了下，**胆囊切除**

对生活的影响 [1] 还是蛮多的。"

梁楠教授一听，笑了，说道："你这是说到点子上了，目前你说的这类手术属于最前沿的技术啦。我们来做个分析吧，首先，我们要知道切除胆囊的目的，是为了拿掉对身体坏处大于好处的胆囊，胆囊里面是结石和一些感染的物质，那么结石哪里来，是胆囊里产生的，因此如果单纯取出结石而保留胆囊，那么产生结石的原因还是没有去除，以后还是会长出来；其次，我们要考虑胆囊是否要切除，是要'权衡利弊'，如果好处大于害处才切除，这个很好理解，不切导致身体的功能严重下降，当然是切除的，反之，则可以不切除。在医学界曾经有'保胆派'和'切胆派'。至于你说的技术，国内已经有了，我们医院也在尝试做，不过我们自认为水平还不够成熟，我们综合判断之后，觉得你还是保险一点好，因此为你选择了这样的手术方式。"

 张教授说

1 **胆囊切除对生活的影响：** 胆囊切除后消化功能会差一点，因为原先胆囊有浓缩胆汁的功能，现在没有浓缩了，自然消化能力会下降，表现为腹胀腹泻，但是人体的调节能力是非常强的，很快就能调整过来，一般在半年左右，当然终身腹泻也是有的，胆汁反流性胃炎的发生概率增多，同时有数据表明说是因为胆汁的反复刺激，结肠癌的发病率会增加。

思思这几天的顾虑都消失了，坦然接受手术，飞飞肯定是接受的，正在喝泻药做术前准备呢，厕所里时不时地传来作呕的声音。

何蓉凑到何金苴耳边跟他说："小何，别说姐不关心你。据我观察，我发现这两位空姐要做手术了，今天都没男朋友来陪，估计都是单身，你要加油！"说完，便"嘿嘿"走了。

原本何金苴没想那么多，被何蓉和梅琴反复一说，自己都有点相信了，见着两个病人，有时候还要躲一下。

飞飞的手术先做的，导管插入阑尾口里，确实有很多脓液引流出来，可以说是涌出的。梁楠在手术的时候念叨着，还好做了，不然就穿孔了，然后放了一根支架。

思思的手术难度大很多，好几次险些就出了意外，大概做了 3 个小时，才完整地切除了胆囊，缝合了胃。

术后两个人都说好痛好痛，这让何金苴紧张了不少。虽然手术不是他做的，但他还是请示梁楠后分别给两个人安排了 CT 检查，思思本来就胃穿孔下切除的，因此 CT 判断没有明显的渗液就是好的；而飞飞的 CT 检查结果也很好。目前俩人的疼痛都是术后脏器刺激的暂时性疼痛，慢慢就耐受了。

手术第三天，两个人就行动自如了。

这天，何金苴去便利超市买咖啡，就碰到了思思和飞飞在买生活用品。

思思和飞飞看到何金苣，主动打招呼："何医生，你好！"

何金苣看到这两人，脸都红了，抬手示意："嗯嗯，好！"

何金苣急忙要走，两姐妹拦下何金苣，说道："谢谢何医生呀！"

"不谢，不谢！"

"何医生，能加个微信吗？"思思说道。

"啊？微信？"

"对呀，你没有呀！"飞飞打趣道。

"哦，有，有。"

"那是不愿意加呀，哈哈！"思思说道。

"哦，没有没有。"

何金苣颤抖着手，拿出手机，打开支付宝，发现不对，又打开微信，找了半天就是找不到二维码。最后，飞飞呵呵地笑着，抢过手机，搞定了一切。

"何医生，多联系哦。"思思说道。

何金苣红着脸拿着咖啡就往外走，都忘记了付钱，最后还是思思付的钱。

几天后，思思和飞飞都康复出院了，何金苣拿着出院小结让两个人签字，思思和飞飞都不同程度给何金苣暗示了点什么，不知道这个时候的何金苣，心里在想些什么呢？

（未完待续）

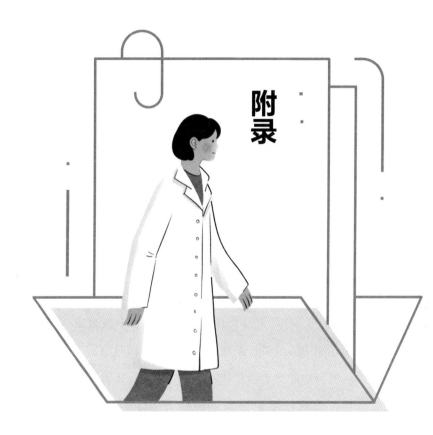

附录

胃镜检查须知

1. 为避免交叉感染，胃镜检查前需完善病毒性肝炎、梅毒、艾滋病等检测。高龄患者或基础疾病较多患者需要完善心电图、血常规、凝血功能等检查。胃镜检查的前一天晚上，请在晚9点后，不要再吃任何东西（包括饮水、进食、吃药、吸烟等）。有糖尿病的病人可准备一些水果糖。

2. 来院检查时要求有家属陪同。检查当天空腹，并随带干毛巾一块。同时携带预约登记资料、病历本、相关检查报告。检查当天需挂消化内镜号。

3. 有严重高血压、心脏病、血小板减少、凝血功能障碍或者长期服用阿司匹林、氯吡格雷、华法林等药物的患者做胃镜时应事先告诉医生，由医生根据具体病情决定是否停药检查，以免发生不必要的意外。

4. 为了使胃镜能顺利地通过咽部，病人事先需口服麻醉药，有过敏反应的病人请向医生声明。

5. 检查时，病人应处于左侧卧位，尽量放松身体，松开紧身的衣服、领带和裤带，取下携带的眼镜、假牙，使之能处于较舒适的环境下接受胃镜检查。

6. 做胃镜时，要遵从医生的指导轻松地吞咽，胃镜通过咽部后要平静地进行腹式呼吸，不要屏气，这样一般只需几分钟就能检查完毕。

7. 胃镜检查完毕，由于麻醉的作用，请不要立即漱口，2小时内不能进食。2小时后先进水，无呛咳后再进食。取活检者检查当天应进细软的半流质饮食。胃镜下行治疗手术的病人，如息肉摘除、食管扩张等，术后需根据病情按照医生要求禁食、流质饮食。必要时则需住院观察，以免发生手术的出血、穿孔等一系列并发症。

8. 做胃镜的病人应按预约时的号码前后有秩序地进行检查，避免喧闹。急诊病人可优先安排检查。

肠镜检查须知

- -

　　以下为肠镜检查前注意事项及肠道准备详细方法，请各位病友仔细阅读，反复查阅详细内容。

　　1. 为避免交叉感染，肠镜检查前需完善病毒性肝炎、梅毒、艾滋病等检测。高龄患者或基础疾病较多患者需要完善心电图、血常规、凝血功能等检查。结肠镜检查时要求**有家属陪同**。检查当日携带预约登记资料、病历本、相关检查报告等准时到达内镜中心。

　　2. 有严重高血压、心脏病、血小板减少、凝血功能障碍或者长期服用阿司匹林、氯吡格雷（常用商品名包括波立维、泰嘉）、华法林等抗凝药物的患者，预约时请告知医生及预约台工作人员，尽早咨询相关科室医生根据具体病情决定是否停药检查，以免发生不必要的意外。一般情况下肠镜检查前一周开始停用以上抗凝药物。（请务必咨询相关科室医师后决定能否停药！）

3. 检查前一天建议**低纤维饮食**，避免食用红色、多渣或多籽蔬果（如西瓜、火龙果、芹菜、韭菜、西红柿等），避免食用牛奶、豆浆、蛋等易胀气食物。请尽量进食易消化的**半流质饮食**（如稀饭、面条等）。**检查当天禁食、禁水。如果出现头晕、心悸、饥饿等低血糖反应，请告知医护人员。**（可进食少量白糖水）。

4. 口服全肠道泻药的方法

（1）目前常用泻药为舒泰清或和爽。两种药物服用方法稍有不同，请各位病友仔细阅读：

舒泰清的服用方法： 把一盒药（12 袋 A＋12 袋 B）共溶于 1 500ml（3 斤）温开水中，每 30 分钟服用 750ml，共服用两盒（24 袋 A＋24 袋 B），即 3 000ml。两个小时服完，边喝边走结合，顺时针轻轻按摩腹部。

和爽的服用方法： 将和爽一包溶解于 1 000ml（2 斤）温开水中，三包共 3 000ml，两个小时服完，边喝边走结合，顺时针轻轻按摩腹部。

对于**无法耐受一次性大剂量**泻药清肠的患者，可

考虑分次服用方法，即一半剂量在肠道检查前 1 天晚上 8 点服用，一半剂量在肠道检查当天提前 4-6 小时服用。

伴有**长期便秘**的患者肠道准备效果差，建议检查**前三天低纤维素饮食**，尽量半流质饮食（如稀饭、烂面条），可采用分次服用、预先使用缓泻剂或联合使用促胃肠动力药物的方法提高效果。泻药可同样按以上方法分次服用。

（2）泻药具体服用时间

普通肠镜服药举例：

普通肠镜预约在下午 14 点，可于早上 8-9 点开始服用泻药，10-11 点服完。

普通肠镜预约在下午 15 点，可于早上 9-10 点开始服用泻药，11-12 点服完。

以此类推。服药完毕后请禁食禁水。

无痛肠镜服药举例：

无痛肠镜预约在上午 8 点，可于早上 2 点开始服用泻药，4 点服完。

无痛肠镜预约在上午 12 点，可于早上 6 点开始服用泻药，8 点服完。

以此类推。服药完毕后请禁食禁水。

5. 大便呈**无色或黄色透明水样便**时视为准备到位。具体请对比下图。

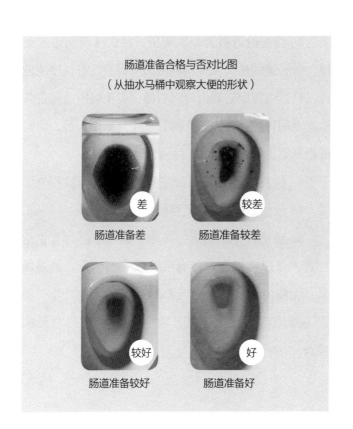

肠道准备合格与否对比图
（从抽水马桶中观察大便的形状）

差

较差

肠道准备差

肠道准备较差

较好

好

肠道准备较好

肠道准备好

6. 在肠道灌洗中可能出现腹胀、腹痛及恶心、呕吐等不良反应，症状轻微者适当减慢饮服灌洗液速度可缓解症状。如出现腹部绞痛，严重腹胀，肛门无排气、排便等症状应立即停止灌洗并及时到医院处理。

7. 检查前请再去一次厕所，尽量排空肠道及小便。做肠镜的病人应按预约时的号码前后有秩序地进行，到达内镜中心后由导医引导，避免喧闹。需自备检查专用裤或自备一条开档长裤（比如中长裤，需剪开档部露出肛门）。

8. 检查时，病人先取左侧卧位，腹部放松，屈膝。检查中按医生要求更换体位。

9. 肠镜检查结束后，未取活检或未进行有创治疗者，可照常进食。如有活检或有创操作，请遵医嘱。无痛内镜检查者，当天 24 小时内不能开车、骑车，外出需有成人陪同。女病人月经期避免肠镜检查。

高质量的肠道准备意义是什么

结肠管弯弯曲曲、一轮一轮地形成结肠皱襞袋，如果病灶位于皱襞袋内、肠道又不清洁，腹式呼吸运动的影响，退镜过快等综合因素的存在，肠镜检查极容易漏诊，特别对结肠小扁平的息肉和肿瘤病灶漏诊率可达 15% ~ 20%，甚至更高。

清洗肠道的准备至关重要，是提高早期结直肠息肉和肿瘤发现诊断率的关键。一旦肠道准备不充分，检查结束时医生都会在报告描述你的肠道准备的较差，建议你定期复查肠镜。

所以请务必做到上述饮食要求，并按要求服用泻药！

如有肠道准备欠佳，请及时告知内镜医师！

ESD 是什么

1. 什么是内镜黏膜下剥离术（ESD）

内镜黏膜下剥离术（ESD）是在内镜下黏膜切除术（EMR）基础上发展而来的新技术，治疗主要针对早期消化道癌和癌前病变。ESD 是可完整的切除病变，达到根治消化道肿瘤的效果，又保留消化道完整性的内镜下微创手术。

2. 内镜黏膜下剥离术有哪些优势

消化道早期癌的治疗以往以外科手术为主，但创伤大。而 ESD 与传统根治术效果相当，但其还有损伤小、费用低、术后恢复快的优势。

3. 哪些疾病适合做内镜黏膜下剥离术

ESD 操作过程

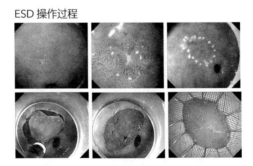

ESD 主要治疗以下消化道病变：

（1）早期癌：根据医生经验，结合染色、放大和超声等其他内镜检查方法，确定肿瘤局限在黏膜层和没有淋巴转移的黏膜下层，ESD 切除肿瘤可以达到外科手术同样的治疗效果。

（2）巨大平坦息肉：直径超过 2 厘米的息肉尤其是平坦息肉，推荐 ESD 治疗，一次、完整的切除病变。

（3）黏膜下肿瘤：超声内镜诊断的脂肪瘤、间质瘤和类癌等。

当然，不光是食管、胃、十二指肠等上消化道疾病可行 ESD，结肠病变也可行 ESD 手术。

4. 内镜黏膜下剥离术的安全性如何

与其他内镜下治疗一样，ESD 也有一定的危险性。主要并发症为出血、穿孔，对于术中出血，可在内镜下电凝或使用钛夹等方法控制，术前、术后应用止血药可有效预防术中及术后出血的发生；ESD 并发的穿孔通常较小，一般在术中即可发现，可予钛夹缝合、术后胃肠减压、禁食、防治感染等综合方法治

愈，少数患者需外科治疗。

当然，我们的临床医生会根据病灶大小、位置、病变类型等因素，与患者及家属具体沟通相关手术风险。

5. ESD 术后应注意事项

内镜黏膜下剥离术的患者，术后应禁食 1~2 天，1 周内以流质易消化饮食为主，避免烟、酒、粗纤维和刺激性食物。使用抑酸药物、黏膜保护剂。术后应注意有无腹胀、腹痛、呕血、黑便等情况，注意有无出血、穿孔等并发症的发生。

请注意术后病理报告，切缘是否阴性（是否完整切除）以及病理类型，且术后应该遵医嘱定期复查和随访，如术后应根据医嘱择期复查内镜，了解创面愈合情况及有无病灶的残留。

术后各项注意事项，一定请遵医嘱。

综上所述，ESD 手术创伤小，术后恢复快，可以达到根治效果，优势明显，但 ESD 适用于淋巴结转移可能性极低的早期消化道肿瘤，即病变局限于黏膜下及黏膜下层的肿瘤。就中国早期消化道早期肿瘤发现率不足 10% 的现状而言，多数病人还是没有机会接受微创根治的，因此推广内镜检查，提高早期消化道肿瘤的发现率是当务之急。

ERCP 是什么

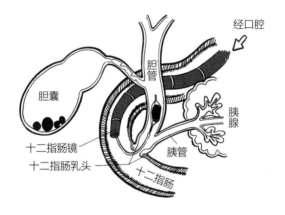

胃镜、肠镜乃至心脏支架植入，很多人都有所耳闻，且略知一二，但这内镜置入胰胆管又是怎么回事？我们不妨来聊聊关于内镜下逆行胰胆管造影术（英文简称 ERCP）这件事。

虽然胰胆管的知名度不比前几者，ERCP 也不能称为胰腺外科最伟大的技术，但却是目前胰胆管疾病重要的治疗手段，作用也不可小觑，比如说我们最常见的胆管结石，就能在此操作下轻松达到碎石、取石的目的，让部分患者逃过开刀大劫。此外它还能进行切开减压、放置支架等作用，是内外科医生的重要治疗手段。

1. 一探胰胆管究竟

先来认识人体食管、胃肠道解剖图。

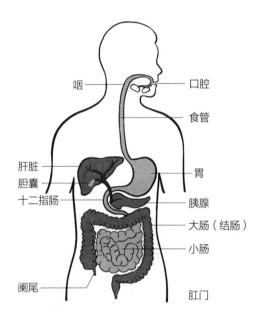

了解胰管与胆管之间的位置关系：胆总管与胰管汇合形成一略膨大的肝胰壶腹，开口于十二指肠乳头。

ERCP 术，医生主要是靠携带摄像功能的内镜管道进行操作，独立的操作室，配备经验丰富的专职医护团队、专业设备，确保手术安全顺利进行。

2. 原来 ERCP 是这样做的

口腔、食管、胃都是人体的自然通道，内镜从口入，依次通过它们，出胃进入十二指肠，顺利抵达胰管和胆总管的汇合处十二指肠乳头。

内镜成功插入后，由内镜活检口插入导管至乳头开口部，注入造影剂。

医生通过 X 光透视，清楚地看到胰胆管的情况后获取照片或视频。

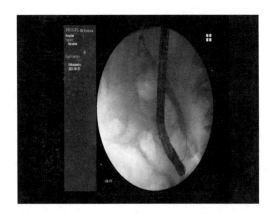

造影术中，内镜中的器械通道能置入导管、括约肌切开器及其他辅助器械。根据患者病情，可以进行取胆汁、胆管压力测定、乳头括约肌功能测定及组织活检等检查，此外，还能做乳头括约肌切开术、胰胆管碎石取石术、支架置入术、鼻胆管引流术、胆管蛔虫取出术等治疗。

最后取出内镜，结束治疗。

3. 过程"轻描淡写"，实际却是重担在肩！

重担之一：射线来袭

ERCP 术是在一个不间断释放辐射的独立操作室内进行，半小时至一小时不等的手术时间内，对于患者来讲风险只如同做了一次 X 线拍片检查或做一次 CT 检查的辐射量，但对于长年累月工作的医护人员，势必会遭受射线伤害的累积，存在粒细胞减少，免疫力降低，在某些肿瘤疾病及眼部疾病上患病率将会升高。

重担之二：盔甲在身

医护人员口中往往将上述遭受射线的画面称为"吃线"，人体着实"吃不消"，所以需要防护服来保

护自己。防护服主要有铅衣、铅帽、铅背心、铅围脖、铅腰带等，为他们阻挡射线来袭。但仅一身铅衣就重达十多公斤，又闷又重，操作前穿好，操作后脱去。这身上所承受的压力可想而知，堪称医护战士的一身戎装。

重担之三：急诊 ERCP 术

临床上，夜间时常遇到急性梗阻性化脓性胆管炎的患者，医护人员需要轮流值班随时待命，以便第一时间行 ERCP 术，解决胆管梗阻及感染等问题。

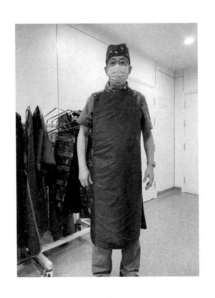

结语

我们期待医学的进步，能为介入团队的医护人员们带去福音，在未来的某一天，脱去铅衣的一刻是身心共同的如释负重。